U0920403

今天也是招人嫌的便当

〔日〕香织 著

贺静 译

南海出版公司

新经典文化股份有限公司
www.readinglife.com
出　品

目录

2013年 “招人嫌的便当第二年” 叛逆最严重的时期

第三章

2014年“招人嫌的便当第三年” 高中生活还剩一年

2015 年“招人嫌的便当第四年”接下来，快要毕业了

前言

我家有两个女儿。
一个是性格开朗、元气满满，爱谈天说地的大女儿，
另一个是冷静寡言，有很多秘密的小女儿。

两个性格完全相反的孩子，
还有我这个既当爹又当妈的母亲，组成了这个女人之家。

我们母女关系融洽，
时而会变得紧张，时而又相处得像朋友一样，
每天，我们家都过得开开心心的。

即使是快乐的家庭，也有自己的烦恼。
那就是这个春天即将高中毕业的小女儿的“叛逆期问题”。

虽说是叛逆期，无非是被她无视、对我爱搭不理，

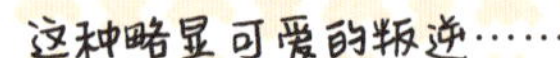

这种略显可爱的叛逆……

书名中的“招人嫌的便当”，
是我对叛逆期的女儿发起的小小反击。

不知不觉间，这份“招人嫌”的卡通便当，
变成了我和女儿的交流方式。

制作便当很辛苦，有时候我也想逃避，
不过，带着意义做便当，给每天的生活带来了乐趣。

当然，不管我觉得多么开心，
冷静寡言的女儿在打开便当盒时，
总会一脸不高兴吧……

我体会到了做便当的乐趣，
想让别人来看看我的便当，于是开始写博客。
一天又一天，读者人数不断增加，访问量也上涨了。
博客上了热搜榜后，
也收到了不少来自四面八方的评论。

其中有让我高兴的，也有让我吃不消的。
但是，多亏了各位对我更新博客的期待，
我才能将制作便当和写博客继续下去。

有人跟我谈出书的时候，

我无法想象自己的博客变成书，摆放在书店里。
多亏了两个女儿，还有阅读博客的各位，
我才能有幸出版这本书。

说句题外话，我博客的主人公，也就是我的小女儿，
好像对我的博客、我写的书不感兴趣，没有任何反应。
她一直是个酷酷的孩子。

从女儿高中入学到毕业这三年间，
我通过日复一日坚持制作便当，
觉得自己实实在在地学到了各种各样的知识，
也向女儿传递了很多东西。

家长与孩子之间的沟通很重要，
形式也可以多种多样。

我家的交流方式虽然有些另类，
不过，正处于叛逆期的孩子们，
为子女教育而拼搏奋斗的家长们，
还有，将来要成家立业的年轻人们，
如果大家阅读这本书时，能够收获欢乐与感动，
我将感到十分开心。

香织招人嫌的便当博客：

http://ameblo.jp/kaerit/

第一章

2012年“招人嫌的便当第一年”
~开始啦~

我们一家人住在伊豆群岛的八丈岛上，

大女儿已经离开家独立生活了，

和我展开斗争的小女儿——这本书的主人公，

每天去岛上的一所高中上学。

小女儿虽然有点盛气凌人，却是个很普通的高中生。

在距离本州岛三百公里的大自然中，

过着平平凡凡的生活。

说起我自己，

是一个喜欢做饭菜和点心的普通母亲。

一直在生产当地特产的工厂里上班，

除此之外，也会做一些副业，比如制作小东西之类。

我开始做“招人嫌的便当”的契机，

是女儿的叛逆期，

从时间上来看，正好是她升入高中的时候。

我思忖着，她的叛逆是不是来得有点迟了呢。

一直以来，小女儿的戒备心都比姐姐强，

是不容易向人敞开心扉的类型。

不同于害怕寂寞的姐姐，她独自一人也不要紧。

她有自己的主张，“别人是别人，我是我”。

她说话不多，

沉默寡言的样子也可以算作她的个性，

不过，随着她逐渐长大，叛逆情况也初现端倪。

对她越来越恶劣的言行，我很生气，

怀着要好好教训教训她的意思，

才开始做便当。

最初的目的，

纯粹是想招女儿讨厌，

但在每天做便当的过程中，自己却收获了快乐，

“想让别人来看看我的便当”，

我萌生了这种想法。

我开始尝试着写博客，上传照片，

意想不到的是，很多人对此反响很大。

不知不觉间，这竟成了我的一大乐趣。（笑）

我本来就很喜欢搞笑，这或许也影响到了我的性格。

我一直喜欢做菜，

也不讨厌繁琐的工作。

因此，做便当不成问题。

但每天都抱着“招人嫌”的主旨来做便当，

还要加入不同的小段子，其实蛮辛苦的。

即使这样，我也凭着意气用事坚持下来了。

女儿对我内心的想法毫不知情，

一边嘟囔着讨厌讨厌，一边拿着便当去上学，

这份招人嫌的便当竟然要持续到高中毕业，

她恐怕做梦也想不到吧。

高中一年级的时候，女儿不喜欢我做的卡通便当，

好像每天都有很大的抵触情绪，

“给我做普通的便当。”她拼命地嚷嚷。

但是我既然开始做了，就不会轻易退缩。

一半是因为我想把决心要做的事情坚持下去，

一半是想回击女儿，教训教训她。

在这一章中，

我还处于探索阶段，

也渐渐发现了制作便当的乐趣。

2012年6月22日（星期五）

便当名：小红帽，你要当心啊！

博客题目：每日

食材

· 小番茄
· 西兰花
· 土豆蘸紫苏粉
· 藕片炒牛蒡
· 玉子烧
· 火腿片卷秋葵
· 紫苏梅肉卷
· 日式小红肠

妈妈对女儿说：妈妈之所以嘴大，是因为要斥责你啊！

天气不好的日子，

大家是如何度过的呢？

老天爷的心情一直欠佳，

因为这样的坏天气，飞机已经停飞六天了。

老天爷的情绪什么时候好转呀……

我的心情也随着天气变化，每天都很阴郁。

相当郁闷～

什么都不想干。

即使如此，我还有事情必须要做。

每天早晨，我要给可爱又实在可憎的女儿

做招人嫌的便当。

没想到开始做卡通便当之后，

今天已经是第四十五天了。

每天做卡通便当十分辛苦。

然而……

在改变女儿盛气凌人的态度之前，

我必须坚持下去，绝对不能放弃。

我，

做得很好。

2012年6月26日（星期二）

便当名：大叔的爱

博客题目：大叔

食材

· 西兰花
· 凉拌豆芽
· 玉子烧
· 土豆蘸紫苏粉
· 鱼糕
· 日式小红肠
· 炸肉块

妈妈对女儿说：妈妈我啊，很受大叔的欢迎哟！

梅雨暂时停歇了，
今天的天气情况很稳定。
各位，今天过得怎么样呢？

昨晚，
我高高兴兴地和一位年长几岁的人一同喝酒来着。
该叫他大哥，还是大叔呢？
明明应该是我逗他开心，
相反，他好像给我带来了不少快乐。

那位大叔的形象在我的脑海中挥之不去，
今天的便当主题，
我就决定用“大叔”。

单调的“大叔便当”太没意思了。
所以，我在里面加上了故事情节。

啊～
如果明天也天气晴朗就好啦。

2012年7月25日（星期三）

便当名：夏日之恋

博客题目：匆匆忙忙……

食材

· 西兰花
· 意大利面沙拉
· 火腿片卷秋葵
· 鱼糕
· 玉子烧
· 日式小红肠
· 炸肉块

妈妈对女儿说：绽放的夏日！你也要绽放呀！

我……累了。

每年到这个时候，我就会觉得疲倦。

夏天总是很忙碌。

在这么忙碌的日子里，还过得不快乐可不行。

所以，昨晚我和朋友去节日庆典活动玩了。

出发之前，行程排得满满当当。

一结束工作，我就回到家中整理发型。

自己换上浴衣后，再给四个人穿上浴衣……

不过总算穿过了浴衣，也享受了节日的团扇带来的清凉。

特别希望今天能悠悠闲闲地过一天，

但这只是我的奢望而已，

今天依然手忙脚乱。

谢天谢地的是不用做便当，这帮了我大忙。

配图是昨天的便当，

我觉得偶尔做做三明治也不错。

但是，三明治也要做成卡通便当，因为不能不让女儿讨厌。

我苦恼来苦恼去，

就把名字定为“夏日之恋”。

2012年8月9日（星期四）

便当名：早·睡懒觉的大叔
午·大叔的西瓜之爱

博客题目：早起

食材

· 小番茄
· 芝麻酱拌秋葵
· 鹌鹑蛋
· 玉子烧
· 日式小红肠
· 炸肉块

· 火腿片卷秋葵
· 意大利通心粉沙拉
· 玉子烧
· 日式小红肠
· 炸肉块

妈妈对女儿说：暑假……请让我休假！

大家早上好啊。

今天醒得早吗？

起了个大早的我，给女儿做了两个便当。

为什么学校在暑假期间，还要让学生去学校呢……

哎，抱怨也没有办法，孩子又不是出去玩。

即使在这样的假期里，

招人嫌的卡通便当也不能停下来。

麻烦的是，女儿还说：

“早晨的便当也拜托啦。”

像往常一样在家里吃呗。

给我多添麻烦的下场，

就是又给她做了一份卡通便当当早饭。

我正想不出卡通形象，

视线倏地落在了女儿的袜子上，上面画着既恶心又可爱的大叔。

琢磨形象太费神，既然从袜子上得到灵感，

就以“大叔的夏日”为主题了。

2012年9月5日（星期三）

便当名：喏？恐怖吧？

博客题目：凉意阵阵……

食材

- 小番茄
- 西兰花
- 土豆沙拉
- 鹌鹑蛋
- 鱼糕
- 炸鸡块
- 日式小红肠

妈妈对女儿说：来自夏末的问候，让你的身心都冰冻起来！

夏天迎来了尾声，

要和那些闷热得睡不着的夜晚说拜拜了。

秋天正踏进我们的小岛。

大家早上好！

与忙碌的夏天挥手告别。

繁忙的工作间里渐渐安静下来，我的工作越来越少。

往年过了忙忙碌碌的夏天，也闲不下来。

今年是怎么了，和果子咯噔一下变得滞销了？

怎～么～办～啊～

工作不忙了，我提早回家的次数多起来，休息时间也变长了。

不妙不妙。

不能闲着，我必须得做点兼职了。

第二学期开始了，今天是做便当的第二天。

我做了一直以来都很想制作的便当。

这算卡通便当吗？！

啊，不管算不算，

是不是都能让暑热灰飞烟灭，让女儿感到凉意阵阵呢。

就是这么回事。

确实让人倒胃口。

2012年9月19日（星期三）

便当名：你至少自己走吧，我还想让你跑呢

博客题目：女儿哟

便当文字：走起来!!

食材

- 玉米
- 火腿片卷秋葵
- 金枪鱼嵌小番茄
- 味噌茄子炒青椒
- 鹌鹑蛋
- 玉子烧
- 炸肉块
- 日式小红肠

妈妈对女儿说：你是总裁啊?!

要下雨，还是要放晴……

这反复无常的天气。

大家中午好！

昨天上了夜班，今天白天在家休息。

上夜班的时候，我喝到很晚，

所以第二天早晨想睡个懒觉。

觉得开车好痛苦，

就向女儿宣布：“不送你上学了。”

然而，事与愿违，

我还是照常起了床。

没什么心情做便当，打算晚点给她送过去。

正当我迷迷糊糊的时候，女儿开口说道：

“我说，让你送我上学。”

“啊?！我不是说过了吗，上完夜班后第二天不能送你。”

我顿时怒上心头。

虽然很生气，但天下着雨，还是得送她上学……

今天的便当，包含着对女儿这样的期望。

2012年9月20日（星期四）

便当名：午餐时分的诅咒

博客题目：这是卡通便当吗？

便当文字：咒

食材

- 小番茄
- 西兰花
- 藕片炒牛蒡
- 土豆沙拉
- 玉子烧
- 炸鸡块
- 日式小红肠

妈妈对女儿说：别惹我，妈妈可比贞子还恐怖！

大家早上好。

每天都做卡通便当，

我好像已经忘记怎么做普通的便当了。

虽然也想做普通的便当，但“招人嫌”的创意停不下来。

“昨天的便当，被朋友们嘲笑了……”女儿发来这样的邮件。

噗，活～该～

我觉得自己赢了，正要回复女儿：

“怪你不走路去上学。”

一生气回了句：

“哈～谁让你不走。”

无论怎么说，女儿昨天是徒步回到家中，

今天早晨也走着去上学了。

她大概也经过了一番思考吧。

今天的形象是贞子……

我也许喜欢上手指造型了。

单单是手和指头好像就能营造出恐怖气氛，

这是为什么呢??????

2012年9月22日（星期六）

便当名：大叔也来支援文化节！

博客题目：虽然是星期六……

便当文字：明天文化节

食材

- 小番茄
- 西式泡菜
- 西兰花培根卷
- 土豆沙拉
- 玉子烧
- 炸虾
- 日式小红肠

妈妈对女儿说：集中精力，参加完整场活动就好！

大家早上好。

今天是星期六，

我不用上班，可以睡觉～～～～～～

不行不行，

今天也要做便当。

今天是文化节，也是学校开放日。

所以，女儿在暑假期间还要去学校。

她昨天准备到了很晚。

女儿也很努力啊。

要度过一个开心的文化节哦。

因此，我的脑海中，

只有文化节这三个字了，

做了支援文化节的卡通便当。

明天，

文化节终于要正式开幕了。

今天，

我可不能喝多了……

2012年11月22日（星期四）

便当名：把便当盒拿出来！

博客题目：我怀着这样的想法……

便当文字：把便当盒拿出来

- 小番茄
- 藕片炒牛蒡
- 火腿乳酪
- 土豆沙拉
- 玉子烧
- 鱼糕
- 炸肉块
- 日式小红肠

妈妈对女儿说：便当盒该谁洗？

大家早上好。

稍微睡了点懒觉的我，

从早晨开始匆匆忙忙地准备。

嗯？嗯嗯？

她这不是没把便当盒拿出来吗～～～～～

这一点最让我生气。

乖乖地把便当盒放到洗碗池里呀。

我怀着这样的想法做了今天的便当。

这样的便当

大概会被她的朋友们狠狠地嘲笑吧。

好期待她的午餐时间，

让人嘲笑去吧～～

2012年11月27日（星期二）

便当名：请收拾一下

博客题目：我生气了……

便当文字：收拾盘子呀!!

食材

- 西兰花
- 芝麻拌菠菜
- 土豆沙拉
- 玉子烧
- 紫苏梅鱼糕卷
- 炸肉块

妈妈对女儿说：我再说一遍，你要自己洗餐具。

大家早上好。

昨天有点像台风过境，今天天气又放晴了。

在天气晴朗的日子里，出门散步最棒了。

我本想这么说，

却没有出去散步－－－－－－－－

最近，有件事让我非常生气。

那就是女儿“不爱收拾”的毛病。

吃完和果子，不收拾垃圾。

吃完饭，不收拾盘子……

说起这种事儿来，真是数也数不尽。

我将这份恼火倾注在便当中。

怎么又是这个呀……

女儿一定会这么想吧。

没办法，都怪你不好好收拾。

啊，其实是我不知道该做什么卡通形象，

就做了这个～

Column
便当技巧

博客读者提问最多的问题NO.1

Q 如何裁切海苔呢？

海苔能够自由地拼出文字或图案，我在制作卡通便当时把它视作珍宝。首先在纸上画出图案或文字，然后依照它裁切出图形，按照自己设想的造型拼接完成。

便当文字：早早起床!!

需要准备的物品

①裁剪板
②透明纸
③小镊子
④刻刀
⑤小刀（宽刃刀）
⑥乳酪片
⑦海苔

制作工序

1. 描摹想要裁切的文字或图案

将透明纸放在想要裁切的文字或图形上，用圆珠笔描出图形。

2. 按照图样裁切海苔

将海苔置于裁剪板上，再把透明纸放在海苔上，用刻刀刻出图形。

3. 要把细节处裁切好

有时候需要一边旋转裁剪板，一边注意不要把海苔切碎。

4. 裁切好后，试着摆出造型

裁切好所有的部分后，按照预想摆出造型，检查是否有错误或者缺损。

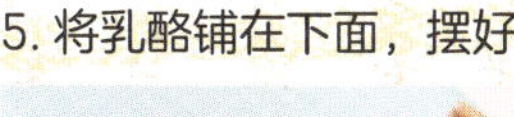

5. 将乳酪铺在下面，摆好

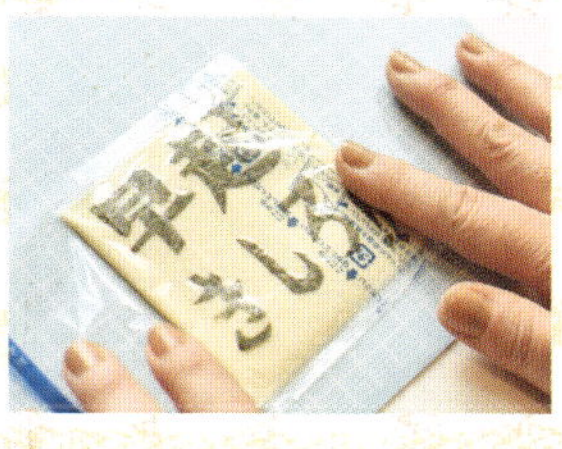

在乳酪片上摆放好切下来的图形。用保鲜膜按压固定。

6. 裁切下来备用

设想摆放在便当上的造型，分别切开，再把多余的乳酪切除。

完成！

7. 摆放整齐就大功告成了

参考整个便当的布局，把它们摆放在米饭或其他菜肴平整的地方。

第二章

2013年“招人嫌的便当第二年”
~叛逆最严重的时期~

“招人嫌的便当”做到现在，已经是第二年了。
我刚觉得女儿洗心革面、改过自新，变听话了，
她的叛逆就变本加厉起来！
我也随之开始努力制作新便当。

从这个时期起，寄托在便当中的想法有了一些变化。
虽然“招人嫌”的主旨没有变，
但我意识到传达信息的意图要更加清晰。
“想告诉她什么”的想法变得强烈起来。

我想，不仅要用有趣的笑点进行还击，
还要在其中添加有意义的主题。
然而，因为不想失去幽默感，
构思创意的任务变得更加艰巨了。

当然还有对女儿的抱怨和怨言。

不管怎样，对她而言，

除了让她讨厌之外，就没有别的了吧。

当时，女儿依然对便当中的笑点无动于衷。

“希望给我做普通的便当”，她好像还抱着这种期望。

她偶尔也会对便当中的信息，

不经意地流露出一些反应。

但我不清楚那是成熟的见机行事，还是单纯的一时兴起。

她虽然长大了一些，却也有孩子气的反应。

这就是青春期少女难以揣测的地方。

眼下，只有我和小女儿一起生活，

时值她叛逆期最严重的时候，

即使相互生气、吵架，唇枪舌剑，

我们也必须交流和沟通。

在这种关系中，便当成为连接我们母女二人的最好形式。

或许，它已经成了一种交流的工具。

只有我和小女儿住在同一屋檐下，

是因为大女儿已经独立生活，

而且我离婚了，

当了十二年的单亲妈妈。

如果爸爸妈妈都在，一家人每天都笑哈哈的，

什么问题都不会有吧。现实却不太如意……

两个女儿恐怕都想过有爸爸在就好了。

但这是我们一起商量后的决定，

不管过去还是现在，大家都不曾提到没有爸爸的话题。

当了单亲妈妈后，

能陪伴孩子的时间越来越少，

但是我没有改变对待她们的方式。

幸好女儿们的性格都阳光而积极，

每天都过得很开心。

大女儿在高中毕业后的第四个月，开始搬出去独自生活。
那时，我感觉小女儿没有特别失落，表现得很淡然。
这大概是因为都住在同一个岛上，
能时不时见个面的缘故。
小女儿反应不大也是理所当然。

也许是因为两个女儿年龄相差较大，
在我的印象里，她们从小到大都没怎么一起玩耍过。
但我觉得姐妹俩的关系很好。
有时候，我会分不清谁是姐姐、谁是妹妹，
但一旦遇到什么事，妹妹还是会去找姐姐商量。
看起来，两个人相处得还不错。

两个女儿，再加上我，组成了一个女人之家，
相互之间的距离感很微妙。

2013年2月14日（星期四）

便当名：这是普通的女高中生

博客题目：最后的……

2013年2月7日（星期四）

食材

- 金枪鱼嵌小番茄
- 藕片炒牛蒡
- 土豆蘸紫苏粉
- 火腿片卷八丈草叶
- 玉子烧
- 鱼糕
- 炸肉块
- 日式小红肠

妈妈对女儿说：你的本命巧克力，没有人可以送吧。噗~

二月份的大事件，当然是情人节。

情人节当天，不论谁都喜气洋洋的吧。

大家早上好，

都精心准备巧克力了吗？

不管是本命巧克力，还是义理巧克力，只等着一会儿送出去～[1]

情人节真美好。

以前是把巧克力送给喜欢的人，

不知从何时起，开始有了义理巧克力，

现在叫作“朋友巧克力”。

女性朋友之间也有互赠巧克力的传统。

准备起来很费心。

我的女儿制作了将近四十份朋友巧克力。

她花了多长时间啊……

于是，我把便当也做成了情人节式的。

一星期前的二月七日，

便当以“恋上足球部的那个男孩……”为题，

今天是那一天的后续。

情人节造型……

承蒙您多多关照了。

---

①在日本，情人节送给恋人的礼物是“本命巧克力”，而“义理巧克力”用来答谢。

女儿打心底想停止每天的卡通便当

2013年2月27日　博客标题：想停手的事情……

女儿去上学后不久，
用邮件发来一张照片，上面是记在笔记本上的东西。
一问，好像是国语课上要发表的内容。
大概是以“想让家人停手的事情”为题做演讲……

女儿演讲的内容

好像是卡通便当。

啊～～～是卡通便当呀～

我不会停手哦——

因为，
我还要让她嫌弃呢。

想让她嫌弃，

就不能停止做便当。

女儿哟，演讲之类的，
并没有什么用。

香织家的日常2

女儿安心的笑容，才是我让她嫌弃的原动力

2013年3月14日　博客标题：再次

女儿的考试结束了，我要再次开始做卡通便当。
考试期间，她说：
“我不要卡通便当，给我做饭团吧。”

她这么一说，
我打算尝试一下做成卡通饭团。
但因为要做侄女和朋友拜托的便当，

我竟然把这事儿忘得一干二净，

给她做了最普通的饭团。

看到不是卡通形象的饭团，

女儿满脸笑容地上学去了。

我看到女儿这么高兴，

无名怒火燃烧起来……

我下定决心，绝不会停止做卡通便当。

2013年3月15日（星期五）

便当名：不让人好好睡觉

博客题目：住手吧……

便当文字：闹钟好烦人

- 西兰花
- 韩式凉拌菠菜
- 土豆蘸紫苏粉
- 玉子烧
- 腌虾仁
- 番茄炖猪肉
- 日式小红肠

妈妈对女儿说：共计八次。请你停止小小的恐怖行动吧！

哔哔哔哔 哔哔哔哔 哔哔哔哔

闹钟还不到早上五点就开始叫。

一墙之隔的房间里，

女儿对一直在响的闹钟毫无察觉，继续酣睡。

等啊等，闹钟声音终于停了，

然而，隔了二十分钟又开始吵。

快关掉闹钟啊！

响一回也就算了，那个闹钟居然一直吵到七点半……

大家早上好。

早上，被女儿的闹钟吵得没睡好，心情很不爽快。

她为什么没有注意到闹铃声呢……

那可是相当大的声音呀。

但女儿对此无动于衷，真想看看她的脑袋里装了什么。

被吵得没睡好觉，我很生气，好想拿个平底锅在她耳边敲一敲。

怕影响到街坊四邻，就作罢了。

我烦恼着，无论如何都要告诉她这件事，

看来只有用招人嫌的便当了！

我把要说的话做到便当里。

2013年4月27日（星期六）

便当名：百分之百保证

博客题目：明明是星期六……

便当文字：明天肌肉痛

食材

- 小番茄
- 西兰花和藕片沙拉
- 土豆蘸紫苏粉
- 腌虾仁
- 鹌鹑蛋
- 玉子烧
- 鱼板玉米
- 炸鱼块
- 日式小红肠

妈妈对女儿说：运动不足的你，想必会肌肉痛吧。

啊～明天还得早起，

只喝一点小酒就回家……

我嘴上这么说着，

却在半夜三点才回到家。

虽然我没有忘记做便当，

但喝到这个时间也真够可以的……

大家早上好。

今天是星期六，却还要做便当……这是为什么呢？

因为女儿要去远足——————

在星期六做便当，简直难以置信。

本来就是休息模式，没有干劲，

又加上昨天喝多了，真是最糟糕的星期六。

唉，既然知道第二天要早起，还喝到深夜，

我可真是差劲呀，

每次都管不住自己。

女儿好像要去八丈富士山远足，

她去爬山……简直难以置信～～～～～～

女儿哟，明天一定会肌肉痛。

这是我意味深长的问候。

有时明明得到了礼物，却高兴不起来

2013年5月7日　博客标题：打工的钱

在四十多岁的生日，
我收到了很多人发来的祝福，
还得到了很棒的礼物。
当然，我可爱的孩子们也送了礼物。

大女儿发来一封邮件，令人怀念的照片上带着可爱的卡通文字。
小女儿则是……

今天，卡上收到她春假期间打工赚到的钱，
努力干活的成果有一万三千日元，真是一笔大数目。
我干劲十足地给她发了邮件："一万三千日元进账！"

"送给你。"她回复道。

？？？？哦，是打工的钱？

等一下……昨晚我干劲十足地做了饺子，
大概是因为平底锅不好用，严重粘锅。
做出来的饺子惨不忍睹。
女儿看了，说道：
"生日礼物就送你平底锅吧。"

"难道，你是指要买平底锅？"我询问她。
"是呀是呀！"她回复说。

不……这是她努力工作赚到的钱……也不可能全给我……

但生日礼物是平底锅，我不喜欢。

话说回来，我确实需要一个平底锅……

经过一番苦恼，我还是让她买了锅。
平时女儿很可恶，

现在我觉得她是个不错的孩子。

然而！！
平底锅只花了三千日元。
剩下的钱
最终给了说“还是还给我吧”的女儿。
这点小心意就便宜了她……

后来，她竟然让我给她买

贵得不得了的防晒霜。

这是好事，还是坏事……

算了，因为女儿表现还不错，我感到很开心。

2013年5月8日（星期三）

便当名：妈妈的心意

博客题目：再次开始

便当文字：谢谢你的平底锅

食材

· 小番茄
· 西兰花
· 藕片沙拉
· 柿子椒嵌乳酪
· 土豆蘸紫苏粉
· 玉子烧
· 火腿
· 姜汁烧肉
· 日式小红肠

妈妈对女儿说：世上不全是好人哟。（笑）

好久没有早上五点起床了。

虽然这么说，我平常还是在五点左右醒来。

大家早上好。昨天学校开学了。

在室外就能听见孩子们精神十足的声音。

于是，女儿的便当也再次开始制作了。

连休假期结束了，久违的便当让人欢喜又让人烦恼……

即便如此，我还是要做。

为了每天都让她讨厌，我才一直坚持把便当做下来。

可是昨天觉得“我的女儿其实是个不错的孩子”，

一旦萌生了这种想法，就觉得让她嫌弃是不对的……

要停止做卡通便当吗？我开始思考。

然而，人生没有这么简单，

我就是要告诉她这个道理。

所以卡通便当还得继续做下去。

但是，好久没做了，我的脑袋里想不出点子……

带着对她昨天买平底锅的谢意，

我做了这份叫作“妈妈的心意”的卡通便当。

又来了呀……

我眼前浮现出女儿一边说烦人，一边吃便当的样子。

2013年5月9日（星期四）

便当名：晴天里的水润大使

博客题目：干巴巴

便当文字：想变得水润

食材

- 小番茄
- 西兰花
- 芝麻拌菠菜
- 煮芋头
- 意大利面沙拉
- 鱼板玉米
- 玉子烧
- 鱼糕
- 炸肉块
- 日式小红肠

妈妈对女儿说：女儿啊，加油用餐！

做些什么吧。

女儿几乎每天都要我做些点心。

我想，偶尔也做些小点心之类的，

就用女儿买的平底锅做了可丽饼。

做完后，我激动地等着她回家。

我：“回来啦？有小点心哦。”

女儿：“什么？”

我：“可丽饼，要吃吗？”

女儿：“啊，不吃了。刚才我和朋友吃过蛋糕回来的。”

干劲丨足的我真是……

大家早上好！

每天天气晴朗，心情也十分舒畅。

然而～很干燥。

皮肤本来就干燥的我觉得好辛苦……

多亏有水润大使这种护肤品，

化妆前、化妆后，“咻——”的一喷，

能不能保持水润呢？我今天还是很在意干燥的问题。

因此，水润大使是今天的便当模特。

过生日的时候，朋友送给我的双层便当盒稍微有点大。

女儿说了一句：“这个也太大了吧?！”

我就干劲十足地给她装饭菜用了！！！！

两个女儿偶尔串通起来行动，真是谜一样的姐妹关系

2013年5月13日　博客标题：胜利

“好黑啊，她睡着了吧？”
两个女儿一边小声嘀咕，
一边走进家门。
我可没睡着。

“因为今天是母亲节～”

啊～～～～～
两个人送给我的礼物都很棒。

哇……太可爱啦……

一个是大象屁股的摆件。
这件木雕作品
貌似是用漂流木制作的。
很棒吧！

另一个，是

仙人掌。

大女儿说：“本来打算送给妈妈鲜花，
因为花很快会枯萎，就决定买仙人掌了。”
但是呢，
妹妹说：

“仙人掌也会枯萎的哦！”

……

确实，鲜花很快会干枯，仙人掌也会枯萎。
但是，我之前养的那盆仙人掌活了四年。

没问题!! 我会努力好好养育它的。

我搞不懂这两姐妹平常的关系是好还是坏。
她们俩只在今天这个日子一起去购物。

感觉真好呀。

2013年5月22日（星期三）

便当名：不擅长早起

博客题目：靠自己！

便当文字：自觉起床！！

食材

- 西兰花
- 金平牛蒡
- 鹌鹑蛋
- 煮鸡蛋
- 腌虾仁
- 鱼糕
- 炸肉块
- 日式小红肠

妈妈对女儿说：这是最后一次了，觉悟吧。

不知怎的，我的脑袋有点恍恍惚惚。

奇怪的头疼持续好几天了。

大家早上好。

今天天气非常好。

这样的天气，适合神清气爽地早早起床。

但这类事跟我的女儿没关系。每天早上她自己都醒不了。

如果我不去叫，她肯定不起床。

即使被叫醒了，她也不会马上起来。

这是怎么回事呢?！

毫无作用的闹钟很早就开始“哔哔哔哔”地叫……

既然不起床，就不要上闹钟呀。

我把想对散漫的女儿说的话做到便当里，

被你的朋友们嘲笑去吧。

小姑娘，前一天又不是熬夜了，为什么起不了床呢……

我期待她明天能按时起床，

如果她不起来的话，

我就要动用水枪了。

2013年6月6日（星期四）

便当名：想喝！

博客题目：早晨……

便当文字：
喝吧！BOSS COFFEE

食材

- 西兰花
- 玉米豌豆夹心鱼肉山药饼
- 藕片沙拉
- 玉子烧
- 鱼糕
- 火腿
- 炸鸡块
- 日式小红肠
- 草莓

妈妈对女儿说：我·才·是·BOSS。

还是梅雨天吗……

今天的天气有种梅雨季节的感觉。

受天气的影响，心情也有点阴郁。

话说回来，跟天气之类的没有关系，

不论晴天还是雨天，都有阴郁的时候。

谁来唤醒我不太舒畅的心情哟～

这种时刻，最好喝一杯早晨的咖啡。

谁来给我泡杯苦咖啡就好了。

自己泡太麻烦了。

不论是谁，请给我买一杯咖啡吧……

大家早上好。

大概没有办法让不清醒的头脑清醒过来吧。

女儿却对妈妈这种状态毫不知情，睡到快要迟到……

妈妈很生气，

好想蹦到她的床上大喊一句：地震啦！！！

我想来想去，就没有什么好点子吗？

既然是可口的饮料，那试着喝喝看吧。

我带着这份心情，做了这个便当。

2013年6月20日（星期四）

便当名：按一下五百日元

博客题目：太闲了……

便当文字：录像拜托啦

食材

- 西兰花
- 八丈草金枪鱼沙拉
- 玉米夹心鱼肉山药饼
- 土豆蘸紫苏粉
- 玉子烧
- 萝卜苗火腿卷
- 炸鸡块
- 日式小红肠

妈妈对女儿说：别忘记哦。

是的。太闲了，工作提前结束。
没有工作，我的生活会怎样呢……

大家中午好。讲一个我可爱女儿的故事。
最近，她向我要零用钱了。
每月给五百日元。
五百日元?！五百日元……不多嘛。
给一个高中生五百日元零用钱，我欣然接受。
我稍微多问了一句，
她还想涨到每周五百日元……
就算涨价，也不多嘛。

不过，我无视这个要求，用五百日元收买了我的女儿。
只是按一下录电视剧的按钮，就要五百日元。
其实这相当暴利了。
看不到无论如何都想看的电视剧，所以用五百日元收买孩子……
这算什么家长，真想看看她的家长是什么样子。
哎，这就是我啊。

今天，我把这个交易做到了便当上。
你要是忘了，五百日元就飞走了哦~
话说，能用这份便当上的五百日元成交吗？

“真想看看她的家长是什么样子！”这样嘟哝的时候太多了

2013年6月30日　博客标题：生日

今天是星期日。大家过得怎么样？

无所事事的星期日最棒啦！

我很想这样说。
可是有很多事情要做。

这一天，
说得上是大事的……

是我宝贵的膝盖，
扑哧……

“扑哧”被剪子扎了一下。

刺进了一厘米。

伤口宽一厘米。
深一厘米。

好疼啊，好疼啊。

女儿见状，

哈哈大笑起来。

这样幸灾乐祸，是接受了什么教育啊？

真想看看她的家长是什么样子！

嗯？

家长

就是我呀～

难道是教育方法出错了吗？

2013年7月1日（星期一）

便当名：小心剪刀

博客题目：膝盖……

便当文字：剪刀危险！

- 小番茄
- 西兰花
- 藕片炒牛蒡
- 通心粉沙拉
- 玉子烧
- 山药梅子酱肉卷
- 日式小红肠

妈妈对女儿说：别冷笑着碰我的伤口。

好疼啊。

剪子刺的伤口，现在还张着大嘴。

大家早上好。

好快啊，已经进入七月份了。

到了七月，就进了夏天。

之后，只等着梅雨散去。

然后，孩子们便等待暑假的到来……

女儿竟想碰碰我那被剪子刺伤的膝盖，

真想让她尝尝被刺伤的疼痛，还有恐惧。

2013年7月23日（星期二）

便当名：日本之夏

博客题目：暑假之类……

便当文字：金鸟

· 小番茄
· 西兰花
· 土豆沙拉
· 玉子烧
· 炸肉块
· 日式小红肠

妈妈对女儿说：如果需要的话，用金鸟蚊香给你熏一下？

暑假开始后的这几天，不用做便当，
我觉得很兴奋。但是，女儿在周六日还要去学校。
而且，平常好像也要去几回学校……
这对孩子来说真是麻烦事。
对我而言，也是麻烦事一桩。

大家早上好。
炎热的夏日里，大家过得怎么样？
夏天当然是要去海边了。
哟～嗬～！！！！！！
好想飞到大海边，
但是，夏天的时候工作也很忙……

一提到夏天，就联想到大海，
这个季节却不是仅仅只有大海。
说起日本的夏天，就是金鸟蚊香的夏天！
每天晚上和蚊子大战的我，
把蚊子放进了让人生气的女儿的房间。
我冷笑着从门缝观察里面的动静，
在蚊子停下的一瞬间，即刻出手拍死它，同时也给女儿一击！
这样，我就能睡个好觉了～

2013年9月5日（星期四）

便当名：喂——

博客题目：还差七十个字……

便当文字：喂~茶水

食材

- 金枪鱼嵌柿子椒
- 土豆蘸拌饭料
- 鹌鹑蛋
- 花式玉子烧
- 酱炒虾仁
- 日式小红肠

妈妈对女儿说：在喝茶前，要把作业做完!!

女儿："妈妈，读后感的字数还差一点。

达不达到规定的字数，成绩似乎会有区别。"

……

我："然后呢？字数不够就继续写呗。"

女儿："为什么？！"

我："为什么？我还要问你为什么呢！"

不擅长写作文的女儿向我求助……

最多就几十个字，自己写呗。

哎呀，虽然我在孩提时代也让母亲帮过忙。

嗨，大家早上好。

今天，我开动锈住的脑袋寻找有趣的创意。

我仿佛在跟便当战斗，神快快降落到我面前吧。♪

这时，恰好发现了没喝完的饮料瓶。

呼叫你，呼叫你～

喂，茶水还没喝完哦！

所以，我做了只茶犬[①]。

女儿知道我要表达的是这个意思吗？

①茶犬系列玩具，世嘉玩具公司推出的系列卡通形象，以七只不同造型的狗狗代表不同的茶。

2013年10月31日（星期四）

便当名：最后的万圣节

博客题目：HAPPY HALLOWEEN

便当文字：万圣节快乐

- 小番茄
- 西兰花
- 菠菜凉拌真姬菇
- 南瓜沙拉
- 炸藕饼
- 玉子烧
- 日式小红肠

妈妈对女儿说：如果你送我糖果，我就放弃"招人嫌的便当"，怎么样？

“Trick or treat，不给糖果，我就捣蛋！”

哈?！你要能办到，就请试试看。

可以的话，把你的糖果放在那里吧。

大街小巷尽是万圣节的色彩。今天是万圣节装扮的最后一天~

从明天起，就会换上圣诞节的装饰吧。

嗨，大家早上好。

大家会因为万圣夜而兴奋吗?

万圣节？这是西方的节日吧?！

跟我这个日本人没有半点关系呀。

话虽这么说，我也从南瓜灯的形象上受了不少启发。

今天做了最后一份万圣节便当。

这个月是万圣月，

南瓜灯卡通形象给了我好几次灵感呢。

在下半个月里，每天的万圣节主题卡通便当

都让女儿十分嫌弃，

真的、真的非常感谢南瓜灯。

感觉今后的便当会让人头痛，该怎么做呢……

从明天起的两个月里，

用圣诞节主题的卡通便当让她嫌弃如何呀？

2013年11月1日（星期五）

便当名：食欲减退

博客题目：小工具

便当文字：
必须买木工黏合剂

- 小番茄
- 西兰花
- 藕片沙拉
- 竹轮紫苏梅肉卷
- 花式玉子烧
- 酱炒虾仁
- 盐烤鱼
- 日式小红肠

妈妈对女儿说：不学学姐姐的交际活动……这样好吗？

昨天的万圣节，

大家都是怎么度过的呢?

万圣节是西方的节日吧，这里可是日本呀。

是的。我有一个能说出这种话的冷漠的女儿。

算了，不管怎么说，只要没被人邀请，

我也属于冷漠型的人。

虽然我家是这样，但至少还有一个人很享受节日气氛。

我的大女儿高高兴兴地去了公司。

她拿着南瓜包、黑色的魔女帽子，还有可疑的手杖。

“Trick or treat！快给我糖果……”

不不，她只是将亲手制作的南瓜蛋糕带到公司，请大家品尝。

喂喂，太兴奋了吧……

大家早上好。

一不小心，我就在沙发上睡着了，全身嘎啦嘎啦直响，

已经起来好一会儿了，现在还嘎啦嘎啦、咔吧咔吧地响。

我觉得现在跳机器人舞，一定能跳得很棒。

木工用的黏合剂是做副业要用到的东西。

快要见底了，记得去买呀。

2013年11月5日（星期二）

便当名：大叔也来祝福生日

博客题目：十一月啦……

便当文字：17岁生日快乐

- 西兰花
- 醋拌萝卜丝
- 金枪鱼嵌小番茄
- 火腿
- 炸鱼块
- 日式小红肠
- 玉子烧

妈妈对女儿说：现在开始还不晚，你要成为一个温顺的好孩子。

大家早上好。

小岛上的大型活动——热闹非凡的小学运动会，

在十一月举行了。

在这场运动会快要结束的时候，

迎来了我家的小恶魔——可爱女儿的生日。

是的，今天是她十七岁的生日。

我把她培养成了温顺的好孩子……

事实并不是这样。

她变成了蛮横的小恶魔。

是我的教育方法错了吗？

“不，因为和你很像……”周围的人都这么说。

您说什么呢？

我这么温顺又和善，才没有那回事。

今天是她的生日，

没办法，我稍为收敛地做了个卡通便当。

女儿呀，

祝你十七岁生日快乐。

2013年11月11日（星期一）

便当名：插科打诨的桶装面

博客题目：我是咖喱派

便当文字：桶装面

食材

· 青豆
· 金枪鱼嵌柿子椒
· 金平牛蒡
· 土豆蘸紫苏粉
· 花式玉子烧
· 炸肉块
· 日式小红肠

妈妈对女儿说：这份便当可不是三分钟烹制而成的！

头疼。

从星期六晚上开始，我的头一直在疼。

哎，早上好。

头疼一直在持续，

没有比这个更要命的了……

要不要吃药呢？

今天没有请假，

晚上也没闲着，给别人帮忙。

谁给我点休息的时间呀？

今天的便当，我试着用桶装面的形象发起进攻。

形状差了一点，不是很像……

嗯，形状之类的，马马虎虎的就好。

别在意，别在意。

吃这种桶装面的时候，

大家喜欢什么口味呢？

顺便说一句，我是喜欢咖喱口味的那一派。

2013年11月13日（星期三）

便当名：迅速可靠地送达

博客题目：是认真的吗？

便当文字：佐川急便

· 小番茄
· 西兰花
· 土豆沙拉
· 玉子烧
· 腌虾仁
· 汉堡牛肉饼
· 日式小红肠

妈妈对女儿说：在人生的道路上，要像佐川急便一样驰骋。

我应朋友邀约出去喝了一杯，

然而，晚上十点就回家了……我是认真的吗？

我太早回家，女儿也会感到焦躁吧？

像往常一样回家也很无聊，

于是我一边喊着“我提前回来啦～”，

一边一蹦一跳地进了房间，

却被女儿无视了。

果然，出门了就不要那么早回家。嗯嗯。

嗨，早上好。身体有些倦怠……

为了消除疲劳，我请假休了两周的夜班，

可是，其他的工作又穿插进来，

结果感到好像没休息似的……

我如果死掉，一定是过劳死吧。

今天的便当上有佐川急便的标识，

不知何时，标识的样子变了。

什么时候变的？！

我不知道，也很无奈。

因为，这个岛上就没有佐川急便。

2013年12月3日（星期二）

便当名：塔摩利[①]先生发问

博客题目：正在做吗？

便当文字：
你在学习吗？
Telephone Shocking[②]

便当人物：塔摩利

- 八丈草和藕片沙拉
- 奶汁烤茄子
- 玉子烧
- 炸肉块
- 日式小红肠

妈妈对女儿说：不合格又何妨——别这么想哦。

这几天，一不留神

我就在被炉里睡着了，为什么呢？

我对女儿说过，

在被炉里睡觉会感冒的，

到床上好好睡觉。

虽然对她这么说，自己却睡着了。

我真是个做什么都散漫的人啊。

所以，全身上下哪儿都疼，

我的肩膀啊……我的老腰啊……

嗨，大家早上好。

天气真好，是个洗衣服的好日子。

天气好，心情就好吗？

两者大概没有什么紧密关系。

不论天气是好还是坏，都没有关系。

第二学期也逐渐接近尾声了，距离期末考试还有两天，

女儿在好好学习吗？

不，她没有一点学习的样子。

考试没问题吗……

无论如何，我都放不下心，就试着用塔摩利先生的语气问问她。

---

①本名森田一义，著名节目主持人、演员，以戴墨镜为特征，主持经典节目《笑笑又何妨》。

②《笑笑又何妨》中一个脱口秀环节。

2013年12月11日（星期三）

便当名：奋战到年关

博客题目：我没偷懒哦

便当文字：便当再次开始

· 小番茄
· 青豆
· 土豆蘸紫苏粉
· 玉子烧
· 腌虾仁
· 炸鸡块
· 日式小红肠

妈妈对女儿说：你会感激我吗？

大女儿兴高采烈地从玄关进屋，
心花怒放，劲头十足，真是好烦人哪。
她说：“这个这个，到货了哦。
稍微有点早，是送你的圣诞节礼物。”

这个……莫非、莫非就是……
那我不客气了，收下礼物。
我虽然对大牌商品没有兴趣，
却一眼就看中了那个钱包。
想要是想要，但价格太贵……买不起……
于是，大女儿一点一点地攒钱给我买了下来。
真是个好孩子。我好高兴好高兴，满心喜悦。
非常感谢！这真是个不可爱但很招人爱的女儿。

嗨，早上好。
好久没更新博客了。我没有偷懒哦～
女儿现在正值期末考试阶段，所以便当休假了。
不做便当的日子真幸福。
可是这种幸福的时光要结束了，我再次做起了便当。
又要开始天天做便当的节奏吗？
直接进入寒假多好啊……

2013年12月16日（星期一）

便当名：圣诞老人也死乞白赖地要礼物

博客题目：哈啊……

便当文字：给我礼物!!

食材

- 西兰花
- 藕片炒牛蒡
- 火腿片卷秋葵
- 通心粉沙拉
- 玉子烧
- 炸肉块
- 日式小红肠

妈妈对女儿说：事先说明，圣诞老人不会来找你的！

星期一……

一周的开始是星期日，还是星期一？

我觉得是从星期日开始的。

因为，日历之类的不就是从星期日开始计算吗？

不不，

是从星期一开始的吧？

也有人这样说。

那么，哪种说法是正确的呢？

嗨，早上好。

好冷……

天气真是好冷……

我从被炉里钻不出来了。

是的。钻不出来 = 窝在被炉里睡觉。

我经常如此。

全身上下酸痛酸痛的，早上起来觉得很辛苦。

但是，我要打起精神。

从今天开始到便当休假日为止，

我用圣诞节便当向女儿发起进攻。

要进行多少次战斗呢？

Column 便当技巧

博客读者提问最多的问题 NO.2

Q 怎样制作日式小红肠的脸呢？

虽然是细致的工序，但是加上日式小红肠的脸，一定会让便当热闹起来。多亏了日式小红肠，才顺利地让女儿嫌弃了。（笑）

需要准备的物品

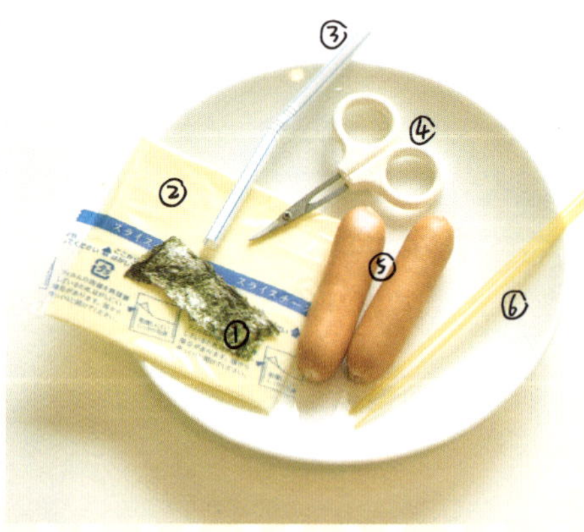

①海苔
②乳酪片
③吸管
④剪刀
⑤日式小红肠
⑥意大利面（细面条）

制作工序

1. 切出脸的大小

香肠煮熟后进行裁切。需要切出整个儿的脸，所以要考虑整体的平衡。

2. 剪出鼻子部分

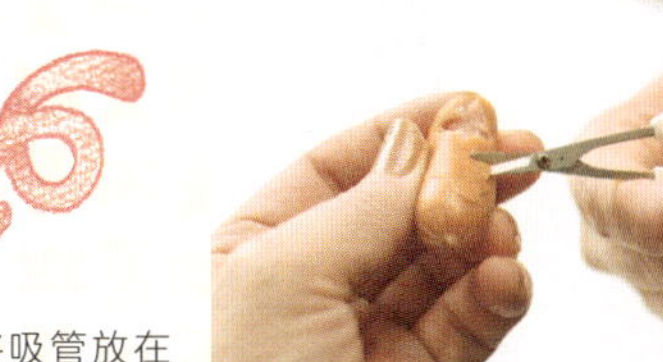

用剪刀仔细地从另一根香肠上剪出鼻子的部分。

3. 制作圆圆的眼白

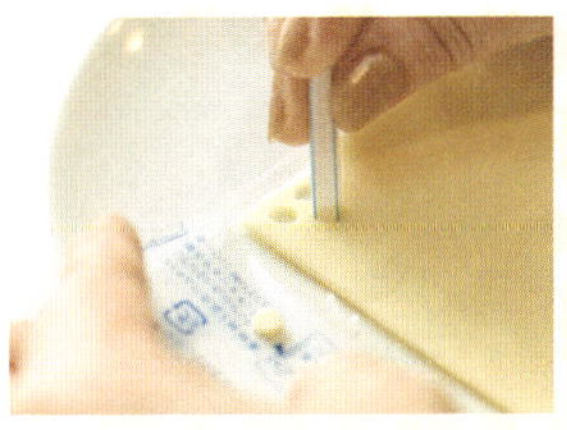

将吸管放在乳酪上，压出几个眼白部分。

4. 将各个部分组装到香肠上

把意大利面切短，作为连接部分，扎在切出的各个部分上，然后再组装到日式小红肠的脸上。

5. 用剪刀剪出嘴

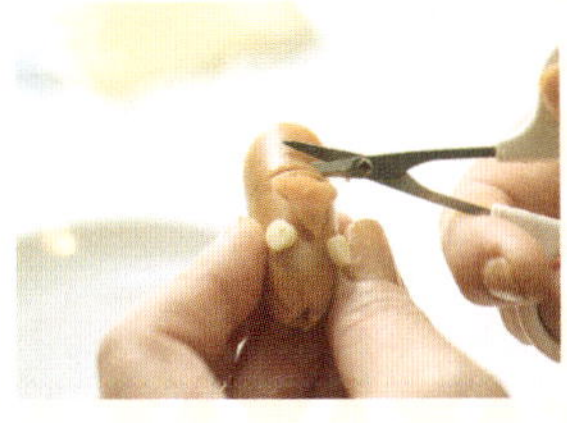

在做好的香肠脸上，用剪刀直接剪出嘴巴的形状。注意不要剪得太深。

6. 用小镊子贴上黑眼珠

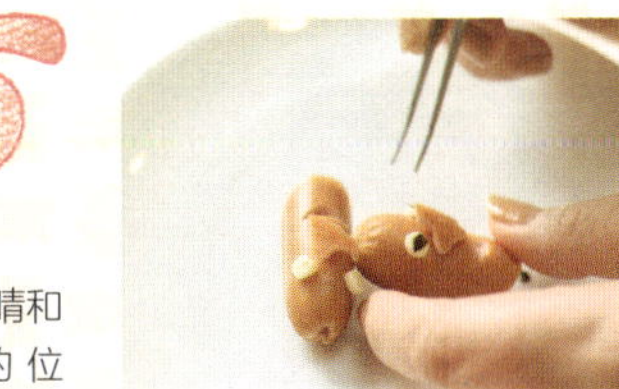

从海苔上剪出细小的眼珠形状，粘在乳酪做的眼白上。用小镊子可以方便操作。

7. 微调表情，完成！

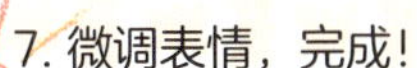

完成！

调整眼睛和鼻子的位置，以及嘴的形状。添加上用海带做的头发或皱纹，表情会更有趣。

博客读者提问最多的问题 NO.3

Q 如何制作复活节岛石像的脸？

这个复活节岛石像是用现成的模具制作的。我用的是制作冰块的硅胶模具。此外还有各种各样的模具，也请大家尝试一下。

需要准备的物品

①土豆泥　　②硅胶模具

制作工序

1. 将土豆泥紧实地按压到模具中

将土豆泥按压到模具中，填充得不留缝隙，再压平整理造型。

2. 按压到盘子上

注意不要让柔软的土豆泥变形，慢慢地按压出复活节岛石像。

3. 调整造型，完成！

处理掉多余的部分，用手指按平凹凸不平的地方。可以用海苔等材料制作表情。

博客读者提问最多的问题 NO.4

Q 用什么食材再现卡通形像的颜色？

在制作卡通便当时，上色是不可或缺的步骤。有很多上色方法，但是我大多使用蔬菜，只需排列蔬菜即可，所以做法非常简单。

需要准备的物品

①红柿子椒　②黄柿子椒　③菠菜

制作工序

1. 把食材切得细细的，然后展开铺平

将一棵菠菜过水，切出需要的长度待用。

2. 尽量将较厚的食材切薄

将柿子椒切成长条状，然后像剥去表皮一样，片成薄片。要点是切出平整的板状。

3. 仔细地摆放完成！

按照自己预想的造型，将素材组合摆放。如果需要，还可以再多切一些。

第三章

2014年“招人嫌的便当第三年”
～高中生活还剩一年～

2014年，女儿终于成了高中三年级的学生。

在高中生活的最后一年里，

她的叛逆期会趋向平静，

还是会更加激烈呢？

在各种可能性的旋涡中，我继续制作着便当。

从结论来说，女儿的叛逆期没有太大的变化，

每天的举止都一如往常。

我时而生气、吃惊，时而喜不自禁，

闹剧一般的日子就这样继续着。

但是，我最近也发现，

女儿的行动逐渐出现了变化。

说实话，我不知道是不是她意识到，
可以在父母身边撒娇任性的高中生活只剩下一年了，
虽然只有一点点，但还是让我感到她
“正在慢慢成长啊”。

不论是处理与朋友的关系，还是组织学校的活动，
都让人感受到她那份责任心。
我觉得她正在思考并实践着
对未来的构想蓝图。

当然，她还有迷茫的地方，
但是，我觉得她大概在一点点地改变。
因为我们没有机会好好聊天，
她的叛逆期好像也没有结束，
所以这只是我想象中的事情。
在感受着女儿变化的同时，
我将继续实行“招人嫌”的计划。（笑）

这个时候，我一边与灵感枯竭的恐惧做斗争，
一边愉快地制作着便当。
一直以来，我都没有改变主意，
要向女儿的叛逆态度发起挑战，
但是我自己的心情可能有了微妙的变化。

我想在便当中注入更加强烈的想法。
“快起床”，“去学习”，
这些用眼睛看得见的信息增多了，
我还想加入一些无形的思想。
具体是什么样的东西，
我还没有想好。

也许是支持，也许是对成长的期待。
抑或是接下来的一年里，女儿迎来毕业、变成大人时，
我感到的那份寂寞。

诸如此类的东西吧。

不管怎么说，除此之外，
驱动我制作便当的重要因素，
还有要以某种形式感谢女儿不剩饭菜，
在我工作繁忙或生病动不了时帮忙做家务。
虽然女儿还是一如既往地说着让人讨厌的话，
一副冷酷薄情的态度，
但是她以自己的方式努力着。
我这个做母亲的对此感到很欣慰，
同时继续思考着“招人嫌”的创意。

2014年1月14日（星期二）

便当名：看起来很可爱，其实是只猛兽

博客题目：让我吃东西吧

便当文字：润喉黑糖

- 小番茄
- 金枪鱼拌八丈草
- 金平牛蒡
- 西兰花培根卷
- 玉子烧
- 炸鱼块
- 日式小红肠

妈妈对女儿说：谁是北海狮呀!!

啊！

现在别跟我说话，不然有你好果子吃。

因为我今天要采血，早晨什么都没吃……

肚子饿瘪了，没有力气。

快点让我吃东西吧。

嗨，大家早上好。

今天真冷，寒风刺骨。

而且困，困得睁不开眼睛……

昨天晚上和前天晚上，我不知为什么睡不着。

倦意沉沉，但就是睡不着……

身体出现什么异常了吗？

我强迫自己活动不对劲的身体，

强迫自己头脑清醒，强迫自己动手做女儿的便当……

唉……好想偷懒，但不能偷懒……

以这种节奏，脑袋是转不动了，想不出点子来。

烦恼来烦恼去，想起几天前在脑袋里咕噜咕噜回旋的乐曲。

“润喉黑～糖～♪”

北海狮小黑[①]！！

---

① NOBEL 制糖公司出产的润喉黑糖，产品的卡通形象叫北海狮小黑，歌手濑川瑛子创作的广告歌曲广为流传。

2014年1月27日（星期一）

便当名：五千日元纸币上的人

博客题目：很像吧……

便当文字：樋口女士

· 西兰花
· 炸藕片
· 土豆泥
· 乳酪紫苏肉卷
· 玉子烧
· 日式小红肠

妈妈对女儿说：我承认很像，却不开心。

好久没出来冒泡啦。

我并没有偷懒哦。

女儿去修学旅行了，所以我就不做便当了哟。

这是多么幸福的一周啊。

奢侈的修学旅行要去北海道五天四夜。女儿玩得开心吗？

女儿没有多说什么，

但是她看起来一副很开心的样子。

能在青春时代留下美好的回忆，

才是无与伦比的事情。

嗨，早上好。

便当的假期也结束了，今天继续开工。

隔了好久没做便当，竟想不出点子来了。

我苦恼着，有什么点子有什么点子……

“哎？这是谁呀？”要是有人提出这样的问题，真是不可原谅。

这是五千日元纸币上有名的樋口一叶。

为什么是樋口一叶呢？因为女儿说：

妈妈你……长得真像樋口一叶……

妈妈也这么觉得!!

就是这样，我用樋口女士向女儿发起进攻。

2014年2月3日（星期一）

便当名：驱邪

博客题目：节分[1]

便当文字：福进来

· 凉拌菠菜
· 土豆泥
· 玉子烧
· 姜汁烧肉
· 日式小红肠

妈妈对女儿说：鬼？那是你！

我："那个，到节分了，咱们得撒豆驱鬼呢，你来当鬼吧。"

女儿："……"

我："要认真地撒豆驱鬼哟，真的撒豆子咯。♪"

女儿："……"

我："我撒～"

女儿："……"

嗨，中午好。

今天是节分。大家也在家里撒豆驱鬼吧？

从早晨开始，我就不紧不慢地在做节分便当，

我家女儿今年正赶上厄运年[②]。

大家在厄运年会按传统去驱邪避灾吗？

我不是特别在意这些，

但还是试着问女儿，要不要帮她驱除一下厄运。

"去神社就算了，

能帮我用梳子或者镜子驱驱邪吗……"

结果，女儿说了这么一句。

大概什么都不会发生吧。

啊，不愧是我的女儿，回答跟我想象的一模一样。

女儿的厄运年，

祝愿她平平安安度过。

---

①在日本指立春的前一天，当天为祈福要举行多种仪式，如撒豆驱鬼、吃惠方卷。

②在日本指容易遭受灾祸的年纪，按虚岁计算，男子为25岁、42岁和61岁，女子为19岁、33岁、37岁和61岁。

妈妈悉心准备，然而……一场空

2014年2月4日　博客标题：豆子！

鬼出去！！福进来！！！

喂喂，都快听到你撒豆子的声音啦。
……不不，很安静的。

连这种声音都听不到，
节分的夜晚，静悄悄。

在我家，驱鬼豆也是

我一个人孤孤单单地撒。

按照原计划，应该把女儿当作鬼，
认真地撒豆驱鬼的……

但女儿对节分没有兴趣，

大概会说：撒豆驱鬼？所以你想怎样……

说起惠方卷，
我是干劲十足做出来的，却像往常一样简简单单吃掉了……

如果普普通通地吃下去，

就变成普通的海苔卷了。

连这句话也被她无视了。
以前啊，即使我说“不撒也行哦”，
她也会高高兴兴地撒豆驱鬼。

在长大的同时，她开始变得嫌麻烦，
不在乎节日活动之类的了。

不在乎。

啊……
女儿，赶上节日，
还是要稍微娱乐一下呀。

2014年2月28日（星期五）

便当名：用这个补充维生素

博客题目：元气倍增

便当文字：Oronamin C饮料

· 小番茄
· 西兰花
· 凉拌菠菜
· 煮南瓜
· 藕片沙拉
· 玉子烧
· 炸肉块
· 日式小红肠

妈妈对女儿说：破锣嗓子的妈妈，也是最棒的吧？

直到今天，我还是一副破锣嗓子，为什么呢？

这谜一般的变声，让我很是苦恼。

如果这嗓子从此以后没法好起来了……

想想就让人后背发凉啊。

嗨，中午好。

和阴沉沉的早晨不一样，

这会儿的天气让人感受到了春天的气息。

春天

春天

春天～

再也不要回到冬天去了……

元气倍增～

Oronamin C 饮料[①]～

我有时非常想喝这种饮料。

今天就是这样的心情。

①大塚制药销售的一款维生素补充饮料，广告词为“元气倍增”。

2014年3月7日（星期五）

便当名：用比萨进攻

博客题目：比萨！

便当文字：
比萨来咯!!

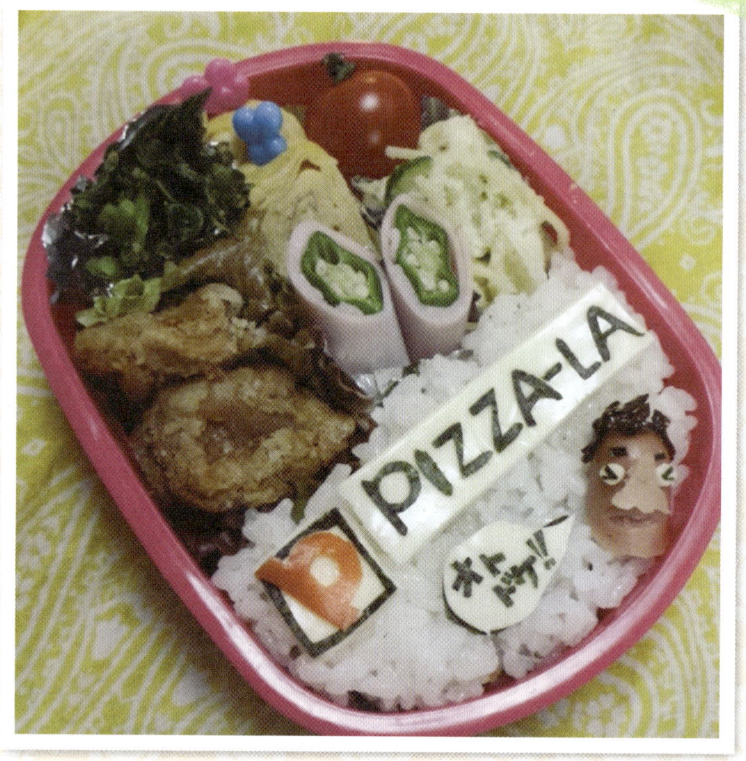

- 小番茄
- 凉拌菠菜
- 火腿片卷秋葵
- 意大利面沙拉
- 玉子烧
- 炸肉块

妈妈对女儿说：事先声明，晚饭也是比萨。

转眼间，今天已经是星期五了。这一周过得飞快。

本周有家政课的高三学生送别会，还有全校的三年级学生送别会。

女儿说有这个那个的，就不需要带便当了。

嗨，早上好。

今天的天气可真晴朗。

天空好像也在愉快地为毕业生送别。

今天要举行毕业典礼。

啊，我的女儿还没毕业，还要再等一年。

因此，今天是便当休假日。

然~而，午饭我还是为她准备了便当。

不是不用做了吗？你们大概会这么问。

不，是为了让她嫌弃哟。

昨天中午，女儿和朋友去了餐厅。

好像点的是比萨，她午饭就是吃的那个。

晚上……在打工的地方，顾客请她吃了比萨和可乐。

她应该根本没有饿。况且，午饭就是吃比萨……

很好笑，真的很好笑~

我继续用比萨攻击她……

所以呢，我就想这么捉弄她一下。

真招人嫌。

2014年3月14日（星期五）

便当名：听听我的呐喊！

博客题目：接连不断……

便当文字：老腰

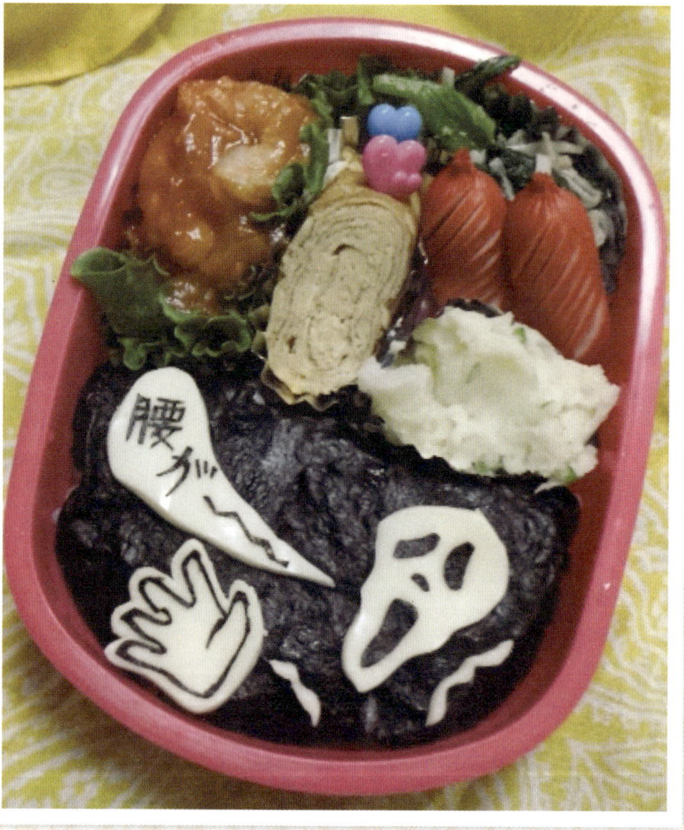

· 凉拌菠菜金针菇
· 酱炒虾仁
· 土豆沙拉
· 日式小红肠
· 玉子烧

妈妈对女儿说：总有一天，你会明白这种痛。

终于平静下来。
昨天是台风天气，下了雨，狂风肆虐……
肆？肆虐?！我的脸上也在肆虐。
夏天一过，脸上的皮肤变得越来越干燥。

我美丽的脸庞啊，不，一点都不美。
为什么会这样呢？是因为身体状态不佳导致皮肤粗糙吗？
还是因为过敏……
好像在不断地追击满脸干燥的我，
身上也到处出现异常。
我的老腰……老腰……腰好疼……
我的身体怎么了?！
接二连三的……

哎，早上好。
一不留神睡了个懒觉，
一大早就开启了一整天的忙乱。
女儿的考试结束了，今天要带许久没做的便当上学。
睡了懒觉，我也没精神干活，开始偷工减料了。
糟糕哟……妈妈，你的腰……
女儿带着冷冷的笑意，戳我的腰。
我的腰真的很疼啊——

2014年4月10日（星期四）

便当名：松子[①]的祝辞

博客题目：再次……

便当文字：
我不是三年级学生

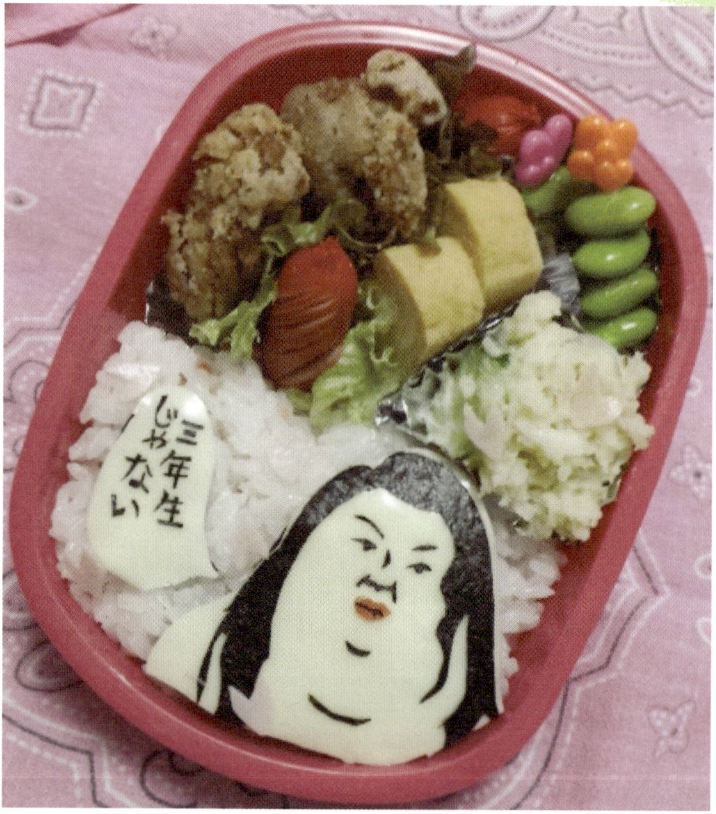

- 青豆
- 土豆沙拉
- 玉子烧
- 炸肉块
- 日式小红肠

妈妈对女儿说：升学是理所当然的。

樱花盛放的季节逐渐接近尾声了。

大家都去赏樱花了吗?

我这个岛上没有赏樱花的习俗。

但是，这里有很多山樱，赏花是不是就是指那个呢?

不不，

不单单是因为我没有兴趣，岛上也没有可以赏的樱花啊。

哎，不管怎样，花儿比不过丸子[②]，丸子比不过清酒。

清酒。其实我也不是很喜欢喝酒啦。

嗨，早上好。

好久没出来冒泡了。

女儿顺利升学，新学期也开始了。

新学期开始，就意味着我要再次开始做便当……

没有便当的幸福日子结束了。

想逃也逃不掉。

制作这种便当，还剩下一年的时间。

我要开开心心地做下去!

今天的造型为什么是松子?

啊，别在意，别在意。

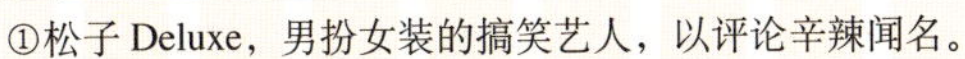

①松子 Deluxe，男扮女装的搞笑艺人，以评论辛辣闻名。

②日本俗语，意为不解风情，但求实惠。

2014年4月16日（星期三）

便当名：昨晚的大叔

博客题目：大柴亨[①]？！

便当文字：小姐

食材

· 海带　　　　· 鲑鱼末

妈妈对女儿说：你也很受大叔欢迎嘛。

去打工的女儿用LINE发来消息:“有外国人在唱歌。”

我:“既然有人唱歌,你就配合着跳个舞吧。”

女儿:“不,有吉他配乐。”

我:“配合着来个弹钢琴的样子,开演。”

女儿:“不,在啪唧啪唧地敲击吉他。”

谜一般的外国人……是走街串巷唱歌卖艺的人吗?

嗨,早上好。

昨晚,女儿在打工的店里遇到了谜一般的顾客。

一问,好像是为了宣传,要在什么地方举行现场演奏会。

还说来了很多有意思的客人。

“嗯,能吃到瑞士卷,真幸福。”

据说那儿有个大叔,说话时不时地夹杂着英语。

我问:“是大柴亨?!”

女儿说:“不是,他用西班牙语称呼我小姐。”

西班牙语的小姐,好搞笑。

我眼前浮现出女儿冷笑着答应的身影。

昨天和今天都不用做便当。

今天,她说想吃饭团,

我想象着昨晚的大叔捏出了卡通形象。

①演员、娱乐节目主持人、茶道家。

2014年4月17日（星期四）

便当名：十七岁的天蝎座女孩

博客题目：问候

便当文字：
天蝎座排名第六位哦

· 凉拌菠菜
· 炸藕片
· 玉子烧
· 酱炒虾仁
· 日式小红肠
· 土豆沙拉

妈妈对女儿说：今天一整天，一定很微妙。（笑）

嗨，早上好。

今天天气也很好，好像这一整天都会心情舒畅。

其实心情很糟糕……

不知怎的，我一旦找不到做便当的点了，

就想借助星座占卜的力量。

天蝎座的女儿，今天的星座运势排名是第六位。

嗯，有点微妙～

用如此微妙的排名来当创意怎么样？

别那么介意嘛。

2014年4月18日（星期五）

便当名：乱发脾气的便当

博客题目：干劲的开关

便当文字：快点起床

· 小番茄
· 凉拌菠菜
· 藕片沙拉
· 紫苏梅鱼糕卷
· 玉子烧
· 汉堡牛肉饼
· 日式小红肠

妈妈对女儿说：把我一半的焦虑分给你。

今天完全没有干劲。

理由？你问理由，我也没有什么特别的理由……

没有睡意，总做奇怪的梦，内心的不安已达到极限。

哎，早上好。

外面在下雨。

本来心绪很平静，

但下雨天最糟糕了……

提不起兴致，也没有心情做便当。

我轻轻地打开女儿的房门，

偷偷往里看了一眼，她睡得正舒坦。

我莫名其妙地感到生气……超级生气。

好想敲着门大叫:“起床！”

但是，我没有那个力气了。

既然如此，我就用便当告诉她。

让朋友们嘲笑她去吧……

谁来

帮我打开干劲的开关啊？

2014年4月23日（星期三）

便当名：视力检测

博客题目：健康检查

- 炸鸡块
- 玉子烧
- 番茄通心粉
- 藕片沙拉
- 日式小红肠
- 青豆

妈妈对女儿说：至少视力良好。

嗨，早上好。

今天也在下雨。

下雨天是头发的叛逆期……

这个发型真好看呀，你烫头发了吗？

没有烫……

在雨天，即使梳得整整齐齐，

头发也会咕噜一下变得乱蓬蓬的。

怎么弄都弄不好。

新学期开始，学生也忙忙碌碌。

心脏诊察、健康检查、体能测试……

今天女儿好像要体检一天，

有健康检查和体能测试。

因此，

我用健康检查来回击她！

右、左、右上、左下……

好想说向右倾斜四十五度之类的。

2014 年 4 月 25 日（星期五）

便当名：彻子的小屋[1]

博客题目：恐怖……

便当文字：
今天是星期五

· 凉拌菠菜金针菇
· 藕片炒牛蒡丝
· 意大利面沙拉
· 鱼糕
· 玉子烧
· 炸肉块
· 日式小红肠

妈妈对女儿说：要成为被称作嘉宾的大人物！

噜哩噜噜♪，噜噜噜。

嗨，早上好！

哎，今天呀，天气很晴朗，是适合远足的好日子。

↑

我在模仿黑柳彻子的语气。

一大早的，真是对不住。

今天准备的便当，除了给女儿的，

还有给上小学的侄子和侄女的。

他们好像去做沙滩艺术，听上去挺有意思的。

所以一定要赶上时间啊，我有点焦躁，

情绪变得有些奇怪。

一只羊也是放，两只羊也是放，做一样的便当没问题，

可是做三份不同的卡通便当就很费事了。

啊，总算赶上出发的时间，把便当交到了他们手里。

孩子们玩得开心，我就高兴啰。♪

至于我女儿的便当……却没赶上，

现在就“咻——”地送过去。

我要模仿 PIZZA-LA 送餐员，说一声：“便当来咯！”

我家女儿吃这份便当时，

会觉得很恐怖吧。(。-∀-)

---

①日本一档电视谈话节目，主持人是黑柳彻子，嘉宾为各界名人。

2014年4月28日（星期一）

便当名：因为每天的便当

博客题目：噜～噜噜噜噜噜噜

便当文字：噜噜噜……星期一来了

· 西兰花
· 金枪鱼嵌小番茄
· 土豆蘸紫苏粉
· 番茄通心粉
· 味噌炒茄子青椒
· 鹌鹑蛋
· 玉子烧
· 炸肉块
· 日式小红肠
· 青豆

妈妈对女儿说：别忘了妈妈马上过生日啦。

啊～啊～啊啊啊～啊啊啊～♪

爸爸……脸上的干燥治不好……

永远也治不好的干巴巴的脸。

我的脸是怎么了呢？

如果就这样治不好了……

请还我美丽的脸庞。

啊，我说谎了。

美丽之类的，我只是想说一声而已。

嗨，早上好。

四月即将结束，黄金周也不远了。

“黄金周……已经来了？！”有人拥有长长的黄金周假期。

“哎？还没到？”也有人早已满怀期待。

大家都能充实地度过黄金周就好了。

那你呢——有人想这么问吗？

黄金周之类的，我不懂是什么意思。

鄙人会像往常一样，普普通通地度过每一天。

不去旅行，也没有假期……

日子一成不变。

啊，值得一提的是，黄金周期间将迎来我的生日。

只是年龄增加了一岁而已。

2014年5月2日（星期五）

便当名：很像吧

博客题目：鬼……

便当文字：早上好

- 小番茄
- 紫苏梅鱼糕卷
- 玉子烧
- 炸鱼块
- 日式小红肠
- 土豆泥

妈妈对女儿说：这么温柔的鬼，到哪里去找？

女儿睡得安安稳稳的。你是睡美人吗？！

我也想睡得这么香……

我一边斜眼看着睡美人女儿，一边洗衣、扫除……然后去上班。

我这么忙碌，我的女儿想过要慰劳妈妈吗？

今天也不用做便当。但是，我决定给她做一份。

你是个温柔的人，曾经有人这么对我说。

我假装成温柔的妈妈，试着温柔地送上一句问候“早上好”。

但是，我下班回来问了问女儿，

这句问候似乎没有传达给她。

女儿：“那是谁？(-_-)”

我：“就当作是妈妈呗。”

女儿：“又不是早晨，应该说中午好。(-_-)”

说得没错，你起床的时间还真是这样，

肯定是“中午好”的时间段。

话说，温柔地问早上好是个错误。

为什么呢……因为对于女儿来说，我好像不是个温柔的妈妈。

我在她 LINE 上的昵称，既不是本名也不是妈妈，而是——

“鬼”。

叫“鬼”也太过分了吧，真是的……

今天哪里是给我庆祝生日，被当作“垃圾之日”了

2014年5月4日　博客标题：垃圾……

“垃～圾～垃～圾，垃圾垃圾垃～圾。♪”

五月三日这一天，女儿发来消息：
今天是五月三日……垃圾……

是的，五月三日是我的生日。
我心想，是生日的祝福吧，结果是——

“垃～圾♪”……

这是小女儿发来的消息。真是受不了……
然后大女儿的消息也来了。
“Happy birthday，✨祝你永远美丽。♪”
我怀着这样的期待，点开一看……

里面是经过奇怪加工的

我的特写照片。

受不了……受不了……

回想过去，她们小时候，
还有个小孩的样子，送给我可爱的礼物呀，信呀，长大之后，却跟着变得不可爱了……

因为是扔垃圾的日子，所以买了垃圾袋……

确实，垃圾袋帮了我的大忙。
但是，如果礼物是垃圾袋的话……
而且我觉得，今天大家应该聚在一起……

小女儿：“哈？生日是什么意思？我不懂。

也没有礼物。”

就此结束……

“生日快乐！！”
我期待女儿微笑着这样说，
却没有听到……
不，即使我再怎么期待，
她们也不会说吧。
等到了你们的生日，
走着瞧哦…

2014 年 5 月 12 日（星期一）

便当名：母亲节

博客题目：我不是妈妈？！

便当文字：随时接待

- 小番茄
- 凉拌菠菜金针菇
- 青豆夹心鱼肉山药饼
- 土豆沙拉
- 玉子烧
- 煮牛肉片
- 日式小红肠

妈妈对女儿说：我期待着。

女儿发来了 LINE 消息：

“汉堡牛肉饼里有保鲜膜，是为了让我嫌弃？”

啊？！我可没放那种东西……

今天便当里的牛肉饼中，

好像有保鲜膜的碎片。

既然她说让人讨厌，

那就当作是故意让她讨厌好啦。(。-∀-)

因此，就用“招人嫌”对付过去啦。

嗨，早上好。

昨天是星期日，也是母亲节。

大家都过了怎样的母亲节呢？

我可爱的孩子一边说着“节日快乐”，

一边送给我红红火火的康乃馨，

还帮我做晚饭。

有这种好事吗——

她都不知道母亲节的存在吧，

甚至都没有说出“母”这个字的迹象。

谁期待这种事，谁是傻瓜。

我明白，即便期待也没用，

所以，用便当让她注意到母亲节这回事。

2014年5月13日（星期二）

便当名：喜欢吃哪个部位？

博客题目：肉肉

便当文字：特卖

食材

· 小番茄
· 八丈草和藕片沙拉
· 土豆蘸紫苏粉
· 紫苏梅鱼糕卷
· 玉子烧
· 炸鸡块
· 日式小红肠

妈妈对女儿说：如果你不吃鱼肉，我就做成肉丸子咯。

熟人送来了鱼，

有时候送来的鱼很多，跟举行鱼祭似的。

新鲜的鱼能趁着新鲜的时候吃，真是奢侈。

刺身、凉拌、盐烤、炖煮、油炸，

还有干炸、嫩煎、做寿司……食用方法多种多样。

我："今天吃鱼哦。"

女儿："办～不～到～"

我："啊？是鱼肉！"

女儿："办～不～到～"

……还有这样的歌呀，吃鱼能变聪明哟。

女儿："吃了鱼，也不会变聪明。"

脑子变聪明的歌，孩子都会相信的哟。

别破坏我的美梦。

哎，早上好。

比起鱼肉，小女儿更喜欢吃其他肉类。

鸡肉、牛肉、猪肉，你喜欢哪种肉？我问她。

"塞牙的肉都不喜欢。"她回答道。

塞牙的肉……

我就不该问这种问题……

2014年5月15日（星期四）

便当名：吐露真言

博客题目：妈妈我啊

便当文字：
好困啊 —— 香织

- 青豆
- 土豆沙拉
- 金平牛蒡
- 萝卜苗火腿卷
- 玉子烧
- 烤鸡肉
- 日式小红肠

妈妈对女儿说：让我睡会儿觉，我也是活生生的人啊。

噜啦啦～啦啦～噜，妈妈～看呀～

大女儿受外婆之托，用吸尘器帮忙打扫，

但她使用吸尘器的方法好奇怪。

大女儿二十二岁，和小女儿不一样，特别烦人。

在我看来，如果有烦人排行榜，

她一定不是冠军，就是亚军。

要问她的竞争对手是谁？

恐怕不说你也知道。

是·我·啊！

结果，我家最认真的是……小女儿。

嗨，早上好。这种天气让人联想到梅雨季。

梅雨……难道已经进入梅雨季节了吗？

到处潮乎乎、湿漉漉的。

原本就地处多雨潮湿的岛屿，这下好糟糕啊。

头发乱蓬蓬、黏糊糊的。

除湿器全速运转，电费大增。

啊哈……光想想就有点恐慌。

便当上的字是光男[①]写的吗？不不，不是的。

我模仿光男的书法写的，因为我是活生生的人，也会犯困，

妈妈我，也困啊——

①相田光男，著名书法家、诗人，擅长以独特的字体书写简单平易的诗。

2014年5月22日（星期四）

便当名：四字成语绝缘体

博客题目：集中精力呀

便当文字：
一心不乱，加油

食材

- 小番茄
- 凉拌菠菜口蘑
- 藕片沙拉
- 芦笋火腿卷
- 玉子烧
- 姜汁烧肉
- 日式小红肠

妈妈对女儿说：能念得出这个词吗？

站在那儿冷笑的女儿真叫人生气。

我："喂喂喂，那个不是妈妈的吗？"

女儿："哈？你不是有两盒吗？"

我："不不，两盒都是妈妈的，而且已经吃掉一盒了。

那是妈妈的零食……"

把最爱的考拉饼干还给我——

嗨，早上好。

一大早，我最喜欢的考拉饼干就被盗了，

感觉情绪低迷。

啊……没有干劲，没有干劲，我就这么躺着给你看看。

虽然我嘴上这么说，实际却不能这样做。

我得像往常一样去上班。

我代替女儿，试着写写

"一心不乱"。

在一件事情上集中精神，不被别的东西干扰。

是的，考试季从明天开始。

要集中精力，复习考试!!!

不可能啦……因为我从没见她聚精会神地学习过。

话说，她知道"一心不乱"这个成语吗……

2014年5月30日（星期五）

便当名：碎了的液晶屏

博客题目：拒绝……

便当文字：注意屏幕!!

· 小番茄
· 八丈草沙拉
· 玉子烧
· 腌虾仁
· 盐烤鲭鱼
· 日式小红肠

妈妈对女儿说：有第二次就会有第三次，注意点！

献血，献血。

“抽出血，再造出新的血～”我和朋友一起去献血了。

护士小姐却说：“不能抽您的血……”

啊?!这是怎么回事?!

我外表看起来有问题吗？哎，怎么能这样？

以貌取人可受不了。

朋友：“不不，没有人那么说。”

就是嘛～

不，有那么想的家伙……

女儿一定认为我被拒绝的理由是外貌不过关。

我明明看起来是个如此温柔的母亲。

但女儿却不这么想。

结果，献血失败的理由是脸上抹了药膏。

好不容易去一趟，却什么也没做就回来了，

只拿了献血中心给的东西，

但我可不是纪念品小偷哟。

嗨，早上好。

从早晨开始，我就被头疼袭击。

是因为偏头痛还是精神紧张呢？我苦恼着该吃哪种药。

手机屏幕摔得支离破碎，送回去修理，

我在等着换回来的手机～

这已经是第二次摔坏屏幕了。祈祷不要发生第三次。

2014年6月8日（星期日）

便当名：江头[1]也来加油

博客题目：红鼻头

便当文字：啊噢

食材

- 西兰花
- 青豆
- 藕片沙拉
- 土豆蘸紫苏粉
- 鹌鹑蛋
- 火腿
- 腌虾仁

妈妈对女儿说：跳舞最重要的是动作到位呀！

说起运动会，简直是天堂与地狱。

今天是女儿学校的体育节。

在那首必定会放的歌曲伴奏下，

体育节毫无悬念地落下了帷幕。

最糟糕的事是我被晒伤了。

我变成了一头红鼻头驯鹿？

一头不合季节的红鼻头驯鹿。

这样一来，我觉得自己好丢人，连路都走不动了……

把漂亮洁白的肌肤还给我

哎，晚上好。

遇上好天气，体育节顺利结束了。

这是女儿高中时代的最后一个体育节。她玩得很开心吧……

哎，在我看来，她好像一副兴高采烈的样子。

我还时隔许久看到了女儿的舞蹈，

所以，这是最棒的体育节。

当——！！

我的加油声

都一丝不差地传达给她了吧。

---

①原名江头秀晴，著名搞笑艺人，特点是上身半裸，下身穿黑裤子黑皮鞋。

2014年6月16日（星期一）

便当名：睡眠不足的诗

博客题目：别叫……

便当文字：
谁在吵啊吵，
让我不能睡好觉，
枝头杜鹃叫

· 西兰花
· 柚子醋拌茄子
· 土豆沙拉
· 玉子烧
· 番茄酱炒猪肉
· 日式小红肠

妈妈对女儿说：我想成为能雷打不动睡觉的你……

咕咕，咕咕咕咕……

不行……听了可不行。

咕咕，咕咕咕咕……

在睡不着的夜晚，听到这个声音可不得了。

不知为何，晚上听了杜鹃的啼叫，我会陷进去。

一听到这个叫声，我就睡不着觉。

完蛋了，听到这个声音，我就完蛋了。

直到清晨，一点睡意都没有……

哎，早上好。

我陷在杜鹃的叫声中，久久无法进入梦乡，

现在困得不行……

你们知道杜鹃吗？很有名的哦。

“杜鹃不鸣，则使其鸣。”[①]

秀吉先生……让它啼叫可不行啊。

你会遭受厄运的。

我试着用杜鹃作了一首诗：

谁在吵啊吵，让我不能睡好觉，枝头杜鹃叫。

还我睡眠时间——

---

①在日本有一个故事分别形容织田信长、丰臣秀吉、德川家康的性格：“杜鹃不鸣，当如何？信长：杀之！秀吉：使其鸣。家康：待其鸣。”

2014年6月17日（星期二）

便当名：佛祖的告示

博客题目：摇摇晃晃

便当文字：请早起……

食材

- 凉拌豆芽口蘑
- 芸豆金枪鱼沙拉
- 玉子烧
- 炸鸡块
- 日式小红肠

妈妈对女儿说：要不然，给你弄个大佛的发型。

夜里两点刚过，突然清醒过来，觉得在摇晃……摇晃……

摇摇～晃晃，摇摇晃晃。

明明没有什么特异功能，

不知为何，我却能在地震发生前就感到晃动。

虽然不是每次都这样，但经常有类似的情况。

哎呀，又摇了。哎呀，又摇了。

莫非，我身体里藏着地震探测器？！

哎，中午好。

和前天一模一样，鄙人还是睡眠不足……

地震过后，从遥远的遥远的地方传来了

杜鹃的啼叫声。

我深陷其中，想逃也逃不掉，

掉进了杜鹃的旋涡。

岂能败给杜鹃，我试着向它挑战，

却轻而易举地败下阵来。

今天，我能睡着吗？

与睡眠不足的我不一样，女儿安然进入梦乡。

她不会睡得太多吗？

偶尔早起一下也不错哦。

没有比妈妈华丽的舞步更让人讨厌的了

2014年6月19日　博客标题：胜利

去不去买东西呀？

女儿：“不去~”

为什么，去吧。

女儿：“不~去~”

好~啦~。去~吧~。

女儿：“为什么偏要一起去呀？”

……

这时，舞步动起来~

女儿：“好烦！”

喂、喂，
看呀看呀。♪♪

女儿：“……”

快看呀~♪

女儿：“……”

那么，

是看妈妈的舞步，

还是去购物，你选一个。

女儿：“购物……”

我赢了。

话说……

不看我华丽的舞步，

好可惜呀，女儿。

2014年6月24日（星期二）

便当名：推荐徒步上学

博客题目：那，谁付钱呀？

便当文字：
不输给风，
不输给雨，前行吧[1]

便当人物：宫泽贤治

- 凉拌卷心菜
- 藕片沙拉
- 葱叶火腿卷
- 玉子烧
- 酱炒虾仁
- 日式小红肠

妈妈对女儿说：零食费，等你高中毕业的时候一并收取哦。

嘶……啪嚓。

嘶……啪嚓啪嚓。

嘶……我悄悄地出现。

啪嚓一下，女儿将零食放进了篮子里。

等我发觉的时候，她已经往篮子里放了好几样零食。

我问："那，谁付钱呀？"

女儿说："一会儿我付。"

她绝对没有要付款的意思。

她明明有打工的钱——

总是上她的当，我的钱包都变轻了。

啊，中午好。

今天不是晴天，户外却亮堂得晃眼。

我的眼睛快瞎了。

不输给风，不输给雨……

像宫泽贤治那样吗？

女儿今天也走路去上学就好了……

①出自日本著名诗人宫泽贤治的诗《不畏风雨》。

2014年6月27日（星期五）

便当名：江头先生再次出击

博客题目：啪的一下

便当文字：去接你放学，没门

· 西兰花
· 藕片拌梅子
· 凉拌菠菜
· 火腿片卷秋葵
· 玉子烧
· 炸鸡块
· 日式小红肠

妈妈对女儿说：水灵灵的姑娘，冒雨走走怎么样？

便宜的雨伞容易坏。

女儿没想过这一点，在狭窄的玄关里，就啪的一下打开雨伞。

用便宜雨伞的时候注意点！

现在正值梅雨季节，雨伞是必需品。

但是，我家的雨伞却消失得飞快。

如果是刮风的天气，仅仅几秒钟，

啪噔，雨伞就一下子坏掉，然后消失了踪影。

或者……

女儿借给朋友 = 朋友不还 = 就这样消失了。

是忘记还了，还是没打算还呢？

雨伞再也没回到我家里来。

哎，早上好。

梅雨季……

乌云密布，湿漉漉潮乎乎的梅雨时节。

在冲绳，这样的梅雨已经停歇了吧？

可真好啊……夏天啊夏天，大海啊大海！

看样子，在我的小岛上，梅雨天气还将持续下去。

天快点晴吧，夏天不来了吗……

今天外面在下雨。

我希望女儿冒着雨走回来。

我对女儿说的话都寄托在便当上了。

2014年7月11日（星期五）

便当名：二十五年前的记忆

博客题目：败露了吗……

食材

· 鲑鱼

妈妈对女儿说：继樱桃之后，用苹果攻击如何？

女儿:“哎，我想少吃点樱桃，
妈妈能别往便当里放了吗？”

事情败露了……

我:“不不，我觉得偶尔有点饭后甜点也挺好，所以放进去了~”

女儿:“我还是觉得要少放一点。”

我:“……”

别人给的樱桃太多了，家里像搞樱桃祭一样。
女儿在家的时候不吃樱桃，我就想方设法让她吃，
所以，一连几天一直往便当里放樱桃。
她如果不吃，樱桃就没法消灭啊。
但是连续几天放樱桃，是我失策了。

哎，早上好。
台风离开了，往日的天空逐渐重现。
晴空无限宽广……我这么想，是太天真了。
阴郁潮湿的天气里，
头发也乱蓬蓬的像要爆炸。
今天的便当好令人怀念。
只有我一个人这么认为吗……

2014年7月14日（星期一）

便当名：公鸡手表

博客题目：希望

便当文字：公鸡手表

食材

· 金枪鱼

· 海带

妈妈对女儿说：咱们家没有送礼物的传统。

我和朋友喝酒喝得正开心，叮咚♪，女儿发来一条消息。

消息上附带着图像，

死乞白赖地向我要四个月之后的生日礼物。

以下是我们在 LINE 上的唇枪舌剑。

女儿：“生日送我块手表就可以哦。”

我：“哎呀……生日还早吧。”

女儿：“快了。”

女儿：“还有四个月。”

我：“还没到呢。”

女儿：“可以先买着。”

我：“你想先收礼物？”

女儿：“因为每天都是生日，所以每天都送给我礼物。”

生日还没到，就先收礼物？！

而且还是每天都要。

啊，早上好。

昨天，女儿在 LINE 上向我表达了要生日礼物的愿望。

她想要的礼物是一块手表。

不不。

早晨起不来的你，比起手表，应该更需要公鸡闹表。

如果手腕上的公鸡叫了，你一定会起床吧。

2014年7月15日（星期二）

便当名：山下画家[1]啊

博客题目：饭……饭……饭团……

便当文字：饭团啊

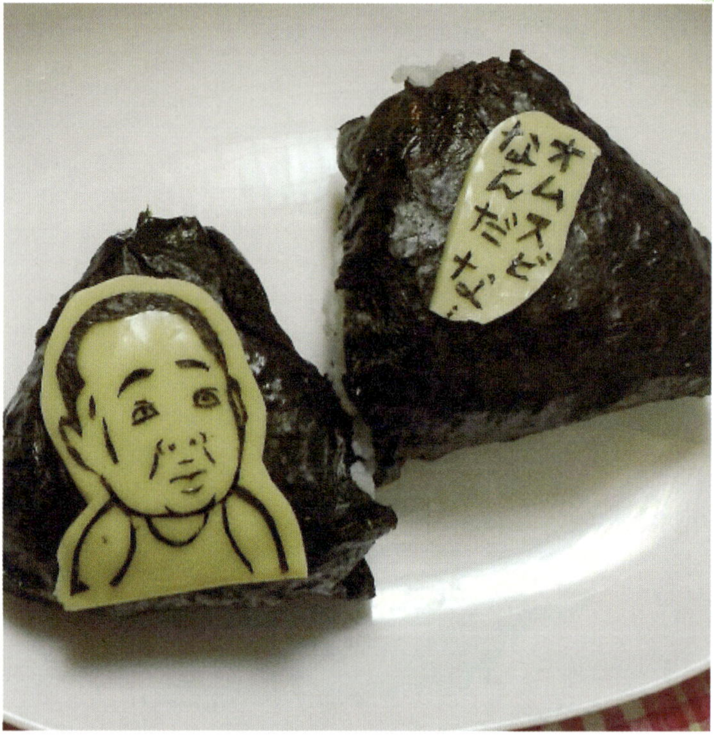

便当人物：山下清

· 鲑鱼 · 海带

妈妈对女儿说：拿着饭团去旅行吧！

女儿:“妈妈去东京的医院看看吧，这样才好。”

我:“啊……”

女儿:“真的，一定要去才行!”

那么关心妈妈啊……

女儿:“去医院，再顺便去游乐场吧。”

目的是去那里?!原来并不是关心妈妈呀。

哎，中午好。

生活不知为何忙忙碌碌的，最近没怎么更新博客。

从去年年末开始，我一直被原因不明的皮肤异常所困扰。

一个月去了两次皮肤科，也没见好转。

果真应该去东京的医院看看吗……

话说，这里其实也算是东京呢。

今天的便当

有饭……饭……饭团就足够了。

饭团?!就是这个。

说到饭团，就让人想起山下清先生。

---

①山下清（1922－1971)，本名大桥清治，画家，被誉为“日本的梵高”，有轻度语言障碍，喜欢吃饭团。

2014年7月16日（星期三）

便当名：Chris松村[1]也在说

博客题目：沙漠……

便当文字：
皮肤是大事哦

便当人物：Chris松村

- 凉拌菠菜
- 意大利面沙拉
- 玉米
- 玉子烧
- 酱炒虾仁
- 日式小红肠

妈妈对女儿说：你皮肤的转折点快要到了哟。

我：“妈妈的脸啊，是治不好了吧……”

女儿：“大概是上年纪的缘故。”

我：“妈妈是不是胖了呀……”

女儿：“本来就胖哟。”

求你了，能温柔点对妈妈说话吗 ——

哎，早上好。

梅雨去哪里了呢？接连几天都是晴天。

天气晴朗是不错，就是气温高。

到现在，皮肤的状态也没有好转，

好嫌弃镜子里的自己。

状态不佳，更糟的是皮肤也不水润。

天气晴朗，所以很难保持水分。

皮肤就会沙漠化啊，沙漠化。

保湿很重要……

说起沙漠，就会联想起骆驼。

说起骆驼，当然马上想到……Chris 松村？

我想告诉因为年轻就不做保养的女儿，

皮肤有多重要……

①知名主持人、搞笑艺人，绰号为骆驼。

2014年7月21日（星期一）

便当名：雷神

博客题目：噼里啪啦

便当文字：
我们做了出色的工作哦

- 小番茄
- 玉米
- 金平牛蒡
- 萝卜苗火腿卷
- 玉子烧
- 炸五花肉山药卷
- 日式小红肠

妈妈对女儿说：妈妈大发雷霆了吗？

女儿细致地叠着白衬衫。

刚觉得她用点心了，

却发现她只是为了借给朋友才叠起来的。

借给朋友？

哎哎，朋友有白衬衫吧。

好像是面试要穿的。

但这件是上学穿的普通白衬衫，

为什么要借给别人呢？

这是个谜……

我不太懂现在的小孩子在想什么。

嗨，早上好。

噼里啪啦，在震耳欲聋的雷声中，我醒来了……

本来想再安稳地睡会儿。

这是梅雨季结束的通知吗？

雷神也做了件出色的工作。

梅雨过后，便是真正的夏天了。

2014年7月22日（星期二）

便当名：与“零”有关

博客题目：哧的一下

· 金枪鱼

妈妈对女儿说：你偶尔也要像碳酸饮料一样迸发！

哼哼哼～♪嗯哼～哼～♪

大女儿把节日庆典穿的浴衣罩在衣服外面，

跳着舞闯入小女儿的房间。

她胡搅蛮缠地反反复复唱着同一首歌，

只有她的歌声在房间里回荡。

啊，小女儿一定没有搭理姐姐。

大女儿也许是放弃了，从屋里出来，

扔下衣服回去了。

嗯，我明白，小女儿，你的心情是……

好烦哪……真的好烦……

但是认命吧，那可是你的姐姐。

嗨，晚上好。

今天女儿休息，也没去上学。

与忙忙碌碌的我不同，

她一定是懒洋洋地度过了一整天。

懒洋洋……当个孩子真好啊……

零度可口可乐！！干劲为零！！

心中漂浮着各种各样的情绪，但是不要介意这些。♫

2014年7月29日（星期二）

便当名：是什么样的味道？

博客题目：又来了……

· 金枪鱼

妈妈对女儿说：声音和工作都要火力全开！

我：“喂，你好歹告诉我一下文化节餐厅的菜单吧？”

女儿：“哎，你不知道吗？”

我：“不不，你可没告诉我。”

女儿：“我在 Facebook 上写了，以为你知道呢。”

我：“我又不知道你的 Facebook。那么，都有什么呢？”

女儿：“沙司酱里加麻油，呵呵呵呵。”

哎，早上好。

好热。今天天气也好热。

多少说点因为暑热皮肤干燥的话题……

可能是疲劳积郁的缘故，

近来特别喜欢能量型饮料。

BURN[①]！

好想喝啊。

从今天起，小女儿也开始在我的工作单位打工啦！

敬请期待。让她讨厌的可不仅仅是便当哦。

我要站在前辈的立场上，对她绝不手软。

---

①可口可乐公司推出的一款能量型饮料。

2014 年 7 月 30 日（星期三）

便当名：如果有精神……

博客题目：正在努力

便当文字：集中精神

便当人物：安东尼奥・猪木①

食材

・鲑鱼　　・海带

妈妈对女儿说：我变身猪木，斗魂注入，给你一记耳光好不好？

女儿:“您辛苦啦~”

便帽上面是防护帽?!女儿要这身打扮回去吗?

女儿:“呵呵呵。”

女儿脸上浮现出诡异的笑容,从打工的地方回家了。

希望别人千万不要发现那是我的女儿呀。

哎,晚上好。

今天,我和女儿一起工作。

和果子烤了又烤,还是远远不够。

进入八月,繁忙程度会进一步升级。

能跟得上进度吗…… 只有好好努力了。

猪木吸血鬼!!集中精神!!

女儿打开便当盒的盖子,又默默地盖了回去。

快吃呀——!!

她没办法,只好吃下去。今天她也努力地工作了。

和女儿在一起的时光也没有那么多。

在工作间歇休息的时候,我们还拍了纪念照片哦。

①本名猪木宽至,绰号猪木吸血鬼。退役的职业摔跤选手、综合格斗家。

2014年8月15日（星期五）

便当名：MR.BBQ

博客题目：还在寻找

便当文字：今晚是BBQ。

便当人物：憨豆先生和他的小熊

- 凉拌菠菜
- 姜汁烧肉
- 炒鸡蛋
- 日式小红肠

妈妈对女儿说：如果不去BBQ，就没有晚饭吃！

女儿在 LINE 上发来消息："我说妈妈，爸爸以前叫你小香织？"

我："那么久远的事情，早忘了。为什么这么问？"

总觉得好恐怖，难道以前的情书被她看到了？

我正这么想着，她忽然传来一张图片。

原来是我高中时代的照片，照片背面写着两个人的心愿。

写了些什么呢，我是不会说出来的。

可是被女儿看到，我总觉得很难为情。

之后，女儿又到壁橱里翻腾寻找，一看到过去的老照片就大笑。

她比较着她的照片、姐姐的照片，还有我小时候的照片，

说了一句：

不管怎么说，妈妈都是最糟糕的那一个嘛。

哈～哈～哈～哈……

女儿颤抖着肩膀继续大笑。

好呀，你想笑就尽管笑吧。

等你结婚的时候，

我会收集你的糗照，制作成幻灯片播给大家看。

嗨，晚上好。今天要去朋友家 BBQ，

虽然我用便当问女儿是否要去，可是她现在还在犹豫。

我不会等犹豫个没完没了的你，

我今天要吃得饱饱的，喝得足足的。

妈妈先出门了。

2014年8月20日（星期三）

便当名：解开谜底再吃

博客题目：张大嘴巴……

便当文字：填什么字？

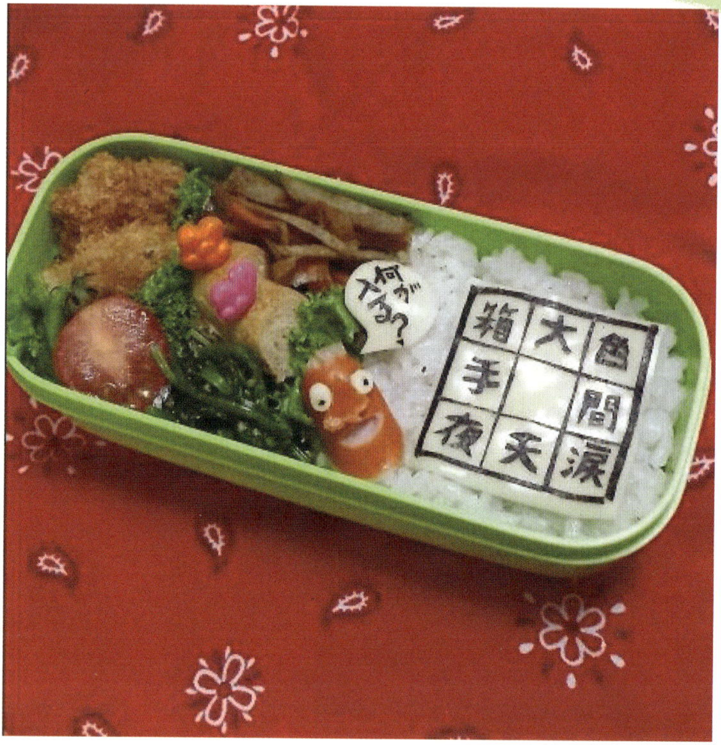

- 小番茄
- 凉拌菠菜
- 金平牛蒡
- 玉子烧
- 炸鸡块
- 日式小红肠

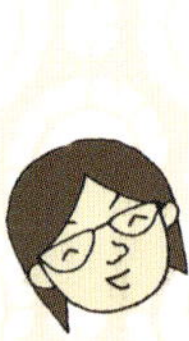

妈妈对女儿说：偶尔也要动动脑子。

女儿："包……"

我 ："哎？"

女儿："包里……"

我 ："什么？"

女儿："……"

喂喂，是你没说清楚。

并不是妈妈的耳朵有问题，是你的声音太小了。

结果，我没听明白女儿想表达什么，她就上学去了……

本来说话声音就小，

请你张大嘴巴，大声地喊出来。

如果老是这样，今年的生日礼物，我就送你扩音器。

嗨，早上好。

暑假里，女儿时隔许久去了学校。她的脑袋大概还在沉睡。

这样的话，我是不是要帮她唤醒大脑呢？她明白吧？

2014年8月21日（星期四）

昨天的便当猜谜，好像难倒大家了呀。

我女儿也在苦思冥想吧……

她没有跟我提这个，也就是说，当作没看见给吃了？

现在揭晓便当谜底，答案就是"空"。

被毫无道理的变故搞得团团转

2014年8月23日　博客标题：分明是星期六……

“明天要去学校。”

晚上，女儿用 LINE 发来消息。

这种事情，

能早点跟我说吗？

居然在大晚上发 LINE 消息。

你没有考虑过
别人是不是方便吧？

因为你的消息，闹得人家睡眠不足。

分明是星期六，却说要去学校，
还要我做便当……

我还以为终于能睡个安稳觉。
心情差极了。

早上起来做完便当，
送女儿出门后，我一定要再睡会儿。

放学后，能不能自己走回来呀！

我抱着这样的想法，
好不容易做了便当……

女儿却说：“我说了要吃午餐，

没说过需要便当。”

……

她放下便当撒腿就跑，去上学了。

起了个大早的我，真是……

请把我的睡眠时间还给我！

2014年8月27日（星期三）

便当名：不行哦，不行不行[1]

博客题目：漫无计划……

便当文字：
不行哦，不行不行

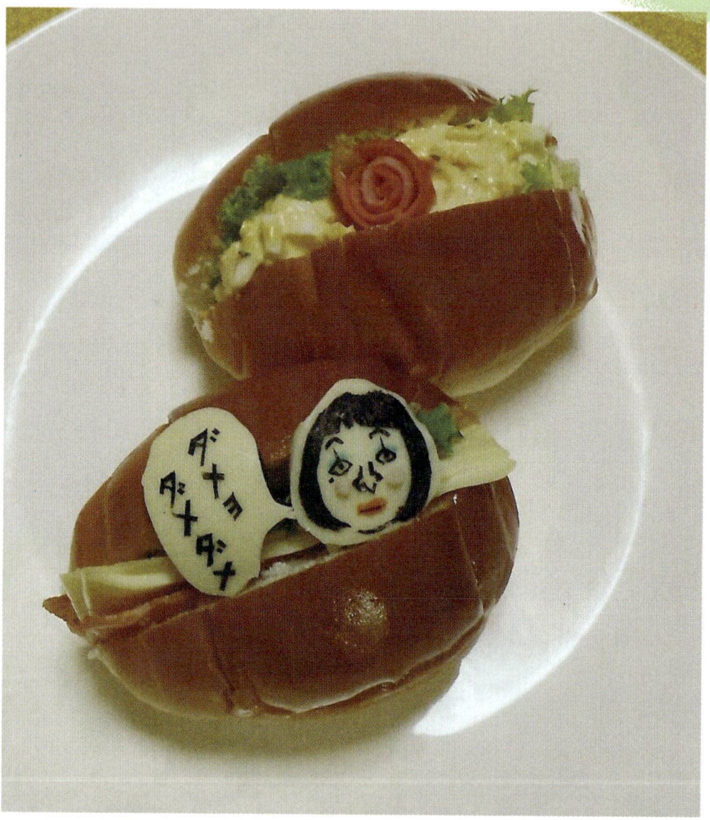

便当人物：朱美小姐

· 鸡蛋　　· 火腿乳酪

妈妈对女儿说：当心都市的诱惑！

出港啦～～～～轮船的汽笛声响起。

今天，我的女儿和朋友一起，渡海去市内玩了。

令人恐惧的是，这是一场没有计划的旅行。

没有预定项目或其他安排，漫无计划，随心所欲？

好恐怖。

女儿从来没有一个人坐过电车，

不要紧吧……我总有点放心不下。

哎，晚上好。

四天三夜的旅行，女儿却只背了一个帆布包。

只有一个帆布包，有没有搞错？她以为是去附近买东西吗？

真是个奇怪的孩子。

送走女儿后，我度过了一个孤独的夜晚。

她在家的时候，我常常生气，

她不在了，我又觉得寂寞……好像让大家见笑了呀。

如果在东京玩得太过头，不行哦，不行不行～

电气联合的朱美小姐说。现在流行这个吗？

看到朱美小姐，

女儿就倏地把便当递给了朋友。

搞什么，

便当是给你吃的！

---

①来自搞笑组合“日本电气联合”的经典台词，细贝先生购买了一个叫朱美的奇怪人偶，朱美小姐一边接近细贝先生，一边没完没了地说“不行哦，不行不行”。

我并没有请求你，为什么要把交换条件摆在我眼前

2014年9月7日　博客标题：那么～

把这个好好吃掉呀。

女儿："那么，帮我削个梨。"

……

吃东西和梨又没有关系。

快点收拾起来。

女儿："那么，帮我削个梨。"

……

收拾东西和削梨没有关系。

女儿把自己想要的东西
拿来做交换。

你是小孩子吗？！

女儿：“梨子要烂啦，快给我削皮。”

不会那么快烂掉。

削个梨子这点事，请自己动手。

顺便说一句，今天午饭有饭后甜点。

做失败了的海绵蛋糕正在冰箱里睡觉，
直接这么吃也不好吃……
要把它改造成巧克力慕斯蛋糕。

变身完毕，
失败的海绵蛋糕就不会暴露了。
我很满意自己的手艺！

女儿却说：“我不喜欢慕斯。”

别废话，快吃掉它！

2014年9月12日（星期五）

便当名：一整个儿一斤①

博客题目：憧憬

便当文字：加油~ Fight!!

食材

· 蔬菜沙拉

· 日式小红肠

· 希腊红鱼子泥沙拉

妈妈对女儿说：卡路里超标，一个胖子在全速前进。

我："包装纸买回来了吧？♪"

女儿："这样就没问题了？"

我："花了多少钱？"

女儿："六十日元。"

我："找的零钱呢？"

女儿："咦？"

我："咦？"

女儿："哇哈哈哈哈哈哈哈哈……"

……

就这样，找回来的钱被她扣下了，我钱包里的零钱越来越少。

哎，中午好。

今天的便当是……应女儿的要求，准备了一斤重的白面包！！！！

啊，这是大女儿上学的时候，

我嫌做便当麻烦，便拿烤的白面包充数。

从上中学开始，小女儿就很憧憬这种便当。

本来这个套餐只是一斤的白面包外加一瓶蛋黄酱。

但默默地答应她的要求，就不是我了。

啪嗒一下打开盖子，里面变成了这样。

女儿为文化节做准备，据说要忙到晚上七点，加油哦。

还附带了赠品蔬菜沙拉，巨石像也来为你加油。

---

①"斤"在日本现特指面包的计量单位。面包行业公平竞争条约规定，1斤面包不得低于340克。

2014年9月26日（星期五）

便当名：拜托了，医生……

博客题目：都怪妈妈

便当文字：要做便当吗

- 凉拌菠菜
- 藕片炒牛蒡
- 紫苏梅鱼糕卷
- 意大利面沙拉
- 玉子烧
- 炸鸡块
- 日式小红肠

妈妈对女儿说：从明天开始，小菜是清一色的鱼肉。

我：“好了，一起去医院！”

最近，女儿因为贫血差点晕倒了，

我问了问，她好像时常有这种情况。放心不下，带着她去了医院。

原因是什么？是你……最近瘦了，营养失调的缘故吧？

女儿：“因为妈妈只给我吃鱼。”

不不，鱼肉对身体很好。

不喜欢吃鱼的女儿，找各种理由拒绝吃鱼肉。

鱼肉对身体可有益啦！

女儿：“都怪妈妈……嘿，哈哈哈哈哈。”

……

从血液检查的结果来看，血液和营养都没有异常。

是成长不均衡的原因吗？女儿的身体没出问题，真是太好了。

不是营养失调，我就放心了……

嗨，中午好。

大概受台风的影响，气压变化，我头疼了好久……

头疼好难受啊……

女儿的三连休结束了。今天去学校，明天和后天还是休假。

今天要做便当吗？

不管怎么说，今天也让我休息休息呀～

2014 年 9 月 30 日（星期二）

便当名：鱼肉强化周

博客题目：注意阅览？

便当文字：
竹荚鱼，金枪鱼，吃鱼吧

· 南瓜沙拉
· 金平牛蒡
· 火腿片卷秋葵
· 玉子烧
· 照烧鲕鱼
· 日式小红肠

妈妈对女儿说：鱼肉庆典，嘿呦。♪

大女儿:“好啦，打起精神来。

笑容是最重要的，笑容！”

不想笑也会笑出来的。

这是好久没有登场的大女儿。

这个女儿的行为总是令人匪夷所思。

刚刚现身，又立马溜进妹妹的房间玩小玩具，

还喊着:“喂！快给我拍张照片，传到 Facebook 上！”

妹妹一脸迷惑，没办法只得拍照。姐姐满意地走出房间。

这玩具眼镜堪比凶器啊。

但我觉得她摘下眼镜来，脸也滑稽可笑。

这是我的错觉吗……

嗨，中午好。

天气真棒。这样的日子去郊游不是很好吗？

虽然这么提议，然而并没有去郊游——

是鱼肉还是其他肉类……不管怎么选，小女儿都是爱吃别的肉。

我昨天在便当里放了盐烤青花鱼。

她一口没动，完完整整地带回来了。

不管你是爱吃别的肉还是什么原因，都要把便当一口不剩地吃完！

倒没有天天放鱼肉，

但我很生气，所以今天也用鱼肉攻击她。

态度自大傲慢，简直是国王，再提出那种要求，就化身为魔王了

2014年10月8日　博客标题：魔王……

©YOSUKE2014

这是在召唤我接她放学。

她能熟练地使用喜欢的表情包，
这一点相当厉害。

但是……那个啊，

妈妈可没有那么闲。

我很忙，不能奉陪，
本来不打算理睬她，
但是下雨了，无奈只好出去接她。

她总是这样，就像理所当然似的，
每一次都发出传唤的消息，

完全不考虑别人方不方便……

这与其说是国王，

不如说是魔王吧。

我虽然感到生气，但是怎么说呢，
还是觉得这样的女儿很可爱……
结果，我一边唠唠叨叨地抱怨着，
一边出去接她放学。

周围的人说我太宠她了，

但是也没有办法啊。

因为我是一个笨家长，

经常被女儿欺负。

2014年10月14日（星期二）

便当名：如何读要点呢

博客题目：迟到

便当文字：读读看

- 藕片炒牛蒡
- 土豆蘸紫苏粉
- 火腿片卷秋葵
- 香味鸡肉煮洋葱
- 日式小红肠
- 玉子烧

妈妈对女儿说：脑子是为了使用而存在的!!

嗨，中午好。

台风已经过境了，现在晴空万里。

据女儿说，二十号台风也许还要来。

要是真的来了，可是令人讨厌的消息。

台风……请就此结束吧。

女儿大概盼望着来台风，趁机休息。

她的脑袋一定在睡觉。

让我来唤醒她沉睡的大脑。

好久没露面的猜谜便当，该怎么读呢？

2014年10月15日（星期三）

嗨！昨天猜谜的答案是

“寝言”[①]——

不明白吗？

将“言”字横过来，就是“言”在睡觉。

睡觉……说话……→“寝言”。

折磨头脑的猜谜便当，

下一次会在什么时候登场呢？

①意为梦呓。

2014年10月17日（星期五）

便当名：你会读吗

博客题目：越痛苦……

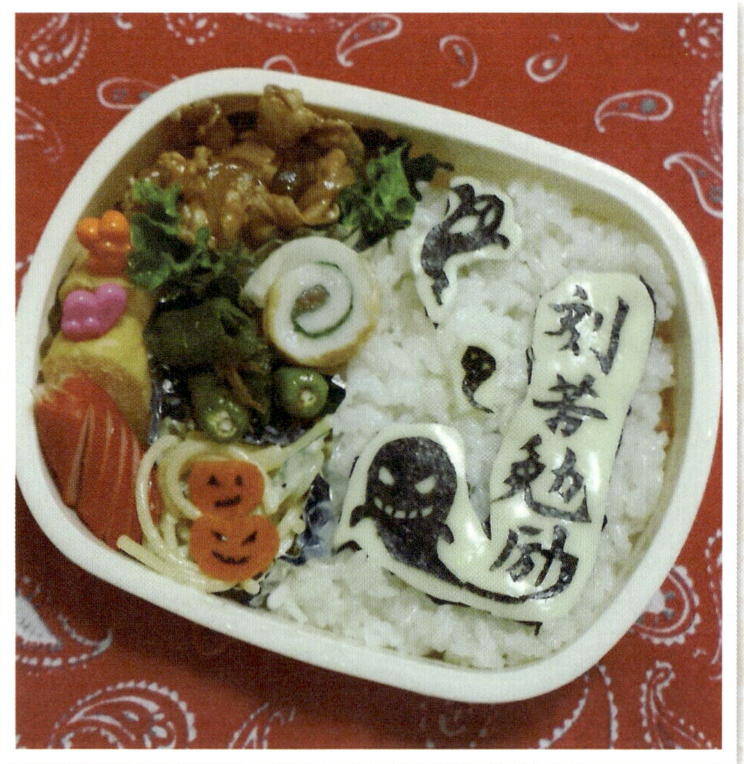

- 意大利面沙拉
- 柴鱼片炒青椒
- 紫苏梅鱼糕卷
- 玉子烧
- 番茄酱炒猪肉
- 日式小红肠

妈妈对女儿说：绝望的未来，很快就来了哦。

叮咚，我正在上班，接到女儿的 LINE 消息。

我心想，怎么了？偷瞄一眼手机。

女儿："晚饭要吃咖喱乌冬面。"

我："这孩子，你不是刚吃完午饭吗？"

女儿刚吃完午饭，就告诉我晚饭的菜单，

她是多想吃咖喱乌冬面啊。

我假装没看见，可是她反复磨我，

所以昨天的晚饭我做了咖喱乌冬面。

咖啡店风格的咖喱乌冬面赏心悦目。

昨天的晚饭

真花哨……普普通通的就很好。

女儿一定这么想吧。

不能普普通通地结束这顿饭！

要问为什么……明明前一天没有做咖喱，

却要求吃咖喱乌冬面。

嗨，中午好。

现在，女儿应该处于考试前的复习阶段，

却看不到她学习的身影，她是胸有成竹，还是破罐子破摔呢……

女儿哟，这句话献给你：

"刻苦勤勉。"

磨砺身心，努力工作，勤奋学习。

越是痛苦，越去好好学习吧——！！

女儿有本事歪曲无法颠覆的事实

2014年11月18日　博客标题：是晴天

来

接

我

女儿一个字一个字地
发来让我接她放学的消息。

什么?
发送信息的方式

像咒语一般?

这种咒语
在妈妈这儿可行不通哦。

但是面对女儿念叨的咒语，
我还是中招了，去接她放学。

女儿沉默地坐进车里，
我试着问道：
“今天你骑摩托车去打工吧？”

女儿说：“下着雨呢……”

雨??

外面是万里无云的大晴天啊?!

雨天……还是晴天?

分明没有下雨，
女儿却坚持说是雨天。

外面明明是晴天。

你的心里
在下着瓢泼大雨吗?!

2014年11月25日（星期二）

便当名：各种“寒”

博客题目：钱包也是啊

便当文字：好寒冷呀！
钱包好寒酸呀
——香织

食材

- 西兰花
- 金枪鱼嵌小番茄
- 日式炖茄子
- 煮南瓜
- 青豆
- 玉子烧
- 腌虾仁
- 味噌鱼排

妈妈对女儿说：赚许许多多的钱，好让我轻松点。

女儿：“去购物吧。”

我：“不去。”

女儿：“为什么？”

我：“因为没有钱，所以去不了。”

女儿：“别闹了，走吧。”

我：“我－不－去。”

女儿：“就算不买东西，只要一起去就好啦。”

哎……你那么想跟妈妈一起去吗……

我这么想真是大错特错。

结果还是给她买了零食。

要注意女儿的糖衣炮弹。

啊，中午好。

寒冷的早晨，我的早起困难症越来越严重了。

如果在温暖的被子里躺到什么时候都行，该多好……

今天的便当，又模仿了光男的书法。

早晨很“寒冷”，钱包也很“寒酸”。

啊，女儿，能不能给我点零用钱啊～

2014年11月28日（星期五）

便当名：现在马上就想吃

博客题目：优点

便当文字：
永谷园的鲑鱼茶泡饭，
好想吃哟！

便当人物：鲍勃·马利①

食材

- 西兰花
- 炸土豆
- 凉拌菠菜
- 金平牛蒡
- 溏心鸡蛋
- 日式小红肠
- 盐烤鸡块

妈妈对女儿说：说起来，你曾经是个爱哭鬼。

家人的优点是什么？

再次问到这个问题，大女儿却怎么也说不出来。

我想起大女儿读初中时，在课题“做一份属于自己的报纸”中，写到了“家人的优点”。

☆ 妈妈的优点

· 爱生气。

· 她生起气来很恐怖，但一定会明确地让你知道她生气了。

☆ 爸爸的优点

· 爸爸虽然离婚后不在家里住了，却很温柔。

☆ 妹妹的优点

· 不放弃一直哭泣。

“不放弃”这个词，感觉稍微有点不准确。

在大女儿心里，这也算是优点啊。

孩子的视角和捕捉事物的方法很有趣。

嗨，中午好。

真没办法，从早晨开始，我就特别想吃茶泡饭。

嘣嚓，嘣嚓，嘣嚓嘣嚓。

用雷鬼音乐的旋律告诉她，

我好想吃茶泡饭哟！

茶泡饭的颜色和雷鬼的颜色，看起来很像吧。

---

①牙买加唱作歌手，雷鬼音乐之父。

2014年12月2日（星期二）

便当名：2014年流行语大奖

博客题目：请求

- 小番茄
- 凉拌菠菜
- 油炸藕片
- 通心粉沙拉
- 玉子烧
- 酱炒虾仁
- 日式小红肠

妈妈对女儿说：给你走路的费用？如果那样，请给我接送费用。

女儿："买鸡蛋的钱三百日元。"

我："三百日元？你买的是高级黄金蛋吗？"

鸡蛋并没有那么贵。我一问理由，她支支吾吾地回答：

"是走路去买的费用。"

跟我说买鸡蛋的钱，却还要加上走路去的费用……

女儿真是好可怕。

嗨，中午好。

进入十二月，我也有了繁忙的感觉。

大街小巷也开始热闹起来。

忘年会加圣诞节，大家都在为年底做准备……

电视节目也逐渐以年末为主题了。

流行语大奖公布结果啦。

答案是"不行哦，不行不行"和"集体自卫权"。

我特意用集体自卫权来攻击女儿。

安倍看不看得见呢……

哈，别在意那种事情。

2014年12月3日（星期三）

便当名：图解·这里是要点

博客题目：一……

便当文字：
按压中脘穴

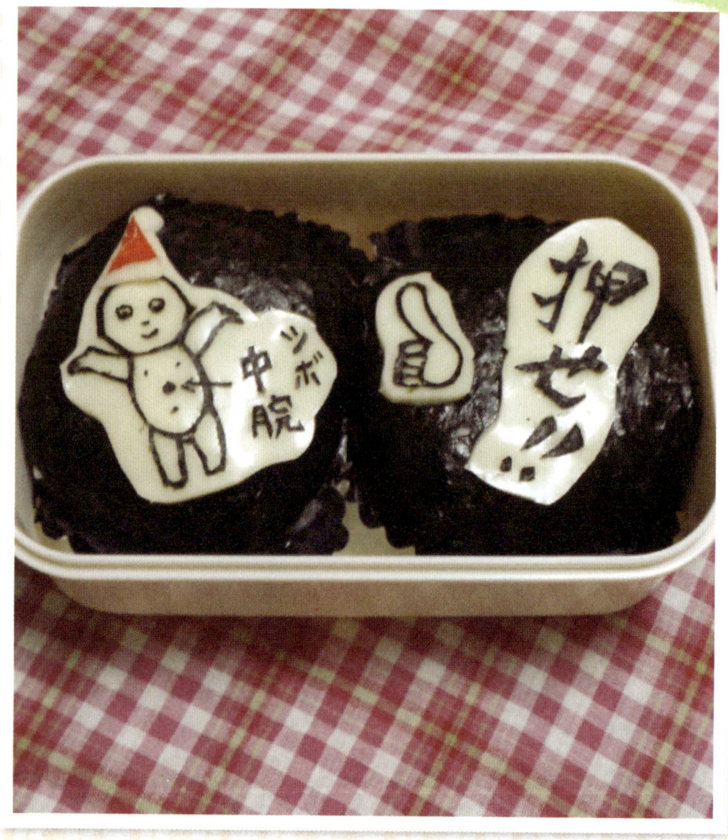

食材

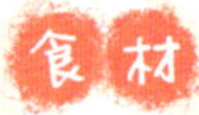

· 海带

· 梅子

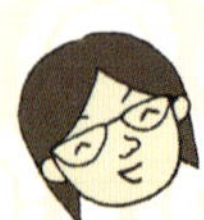

妈妈对女儿说：请记住一品红的名字。

女儿:“来接我，因为有一什么的。”

遵命，遵命……

女儿一直是我家的国王，这是她发来的召唤。

但是，她说的“一什么的”是指什么?

一……一……是一品红吧。

这个时节不可或缺的花。

圣诞节就等于一品红，红配绿? 噗~

圣诞的颜色，真美丽，真可爱哟。

我们从学校拿回了一品红。

家里连一星半点的圣诞装饰都没有，

这样就可以用花营造圣诞氛围啦。

嗨，中午好。

现在正值初冬，最强冷空气已经来袭了吗?

嗯，好冷啊。我们的岛——八丈岛上也很冷。

今天，女儿要上食品设计课，所以便当暂时休假了。

她说想吃饭团，我就给她捏了两个。

昨晚女儿说胃疼，连饭都没吃，没事吧?

胃疼……虽然不清楚病因，总之先按压一下。

治胃疼的穴位是中脘穴。

按!按压!!胃疼快点好起来吧。

2014年12月5日（星期五）

便当名：打倒流感

博客题目：女神

便当文字：漱口茶

- 小番茄
- 煮南瓜
- 秋葵
- 油炸金枪鱼卷
- 通心粉沙拉
- 玉子烧
- 炸鱼块
- 日式小红肠

妈妈对女儿说：自己的身体要自己保护。

我来说明一下！

所谓的鬼，是指日本的妖怪。

有勇猛、强壮、豪爽、拥有超能力的意思。

这是女儿发来的 LINE 截图。

是的，又是土豆。

她是有多喜欢吃土豆呢。

女儿的 LINE 截图

然而，先不管这个。

我的女儿把我备注为“鬼”。

这么温柔的妈妈才不是鬼。

不管怎么看，我都是三百六十度无死角的女神啊。

转念一想，能让她惧怕，也是件好事吧。

嗨，中午好。

我肚子太饿了，咕噜咕噜地发出叫声。

吃点东西填填肚子，还是忍到晚饭呢？

总之，先用水充饥吧。♪

又开始流行感冒了？

流感……很痛苦吧。

未雨绸缪，要在患上流感前准备好对策！

用茶漱口貌似很有效果。

女儿一到家，就让她漱口。

2014 年 12 月 8 日（星期一）

便当名：圣诞松子的牢骚

博客题目：使用说明书

便当文字：请做晚饭哟

· 火腿片卷秋葵
· 金平牛蒡
· 意大利面沙拉
· 玉子烧
· 罗勒叶烧鸡肉
· 日式小红肠

妈妈对女儿说：你说长得像谁？！

介绍一下两个女儿的使用说明书。

大女儿：
做事出乎意料地认真。
经常挂在嘴边的话是"哎，妈妈"。
喜欢吃东西。请多给她东西吃。
定期投喂金枪鱼，她会对你展露最美的笑容。
是个怕寂寞的人，请对她温柔一点。

小女儿：
做事相当认真。
经常挂在嘴边的话……因为沉默寡言，所以不说话。（笑）
最喜欢吃土豆。即使吃了土豆，好像也不会放屁。
没有冰激凌，她就有点不高兴。
虽然是我行我素的类型，但身边总有人陪。
人畜无害，让朋友喜欢。
脸上经常浮现出不怀好意的笑容。
既喜欢戏弄别人，也喜欢被戏弄。
请不停地戏弄她，她会露出可爱的笑容。

哎？没有妈妈的使用说明书？你们想听听吗？

这是秘密，无可奉告。

嗨，中午好。

郁闷的星期一，从早晨开始就提不起干劲。

漫长的星期一开始了。

啊，如果每天都是星期日就好了……

因为女儿在考试，我不得不代替女儿去做兼职。

从一大早开始做自己的工作，晚上替女儿做兼职……我好忙呀。

哎呀，这样不就没有做晚饭的时间了吗？

哎，生气也没办法。我暂且模仿松子的口吻：

请做晚饭哟。

2014年12月11日（星期四）

便当名：把嘴张得大大的

博客题目：好小

便当文字：
态度要放低，声音要提高

- 煮南瓜
- 凉拌菠菜
- 藕片沙拉
- 鹌鹑蛋
- 玉子烧
- 盐烤青花鱼
- 日式小红肠

妈妈对女儿说：不需要傲慢的态度。

我："喂，考试考得怎么样？"

女儿："叽里咕噜……"

我："喂，题目都会答吗？"

女儿："叽里咕噜……"

我："哎——"

女儿："叽里咕噜……"

你这孩子，说话声音太小了，我听不清。

大点声！！大点！

我的女儿不说半句废话。

偶尔也有出声的时候，但是声音太小，我听不见。

她就不会大声说话、大声嚷嚷之类的吗……

和朋友们说话的时候，声音也这么小吗？

真是不可思议。

如果可以，我真想把她放在小小的箱子里，观察一整天。

哎，中午好。

好，让我们一起大声读出来！

态度要放低，声音要提高！！

如果声音还这么小……

我就决定圣诞节送扩音器当礼物啰。

第四章

2015年“招人嫌的便当第四年”
~接下来，快要毕业了~

做完最后一份便当的感想是：

“结束了！”

内心充满喜悦。

“以后，每天都不用做便当了……”

这句话里夹杂着难以言喻的寂寞。

原本，我的动力是“让她嫌弃”，

以前觉得做完最后一份便当，会有一种解放感吧。

连我自己都感到吃惊，

竟然感到了寂寞和失落。

哎，毕竟连续做了三年的便当，我坚持下来了。

这期间，女儿一直吃我做的便当，

对于这“招人嫌”的便当，她作何感想呢？

我想好好地问问她，

只怕她还是会甩给我一句“好烦人”吧。

但是，妈妈很开心。

从年初开始到最后一份便当，

算是最后的冲刺阶段，所以我投入了很多心思。

虽然我想通过便当传递很多信息，

但还是制作得太简单、表达得直白了些吧。

直到最后，我都没有松懈，

一边保持着一直以来的精神劲儿，

一边在心中倒计时。

我不清楚自己内心的复杂想法

是否已经传递给女儿了。

我曾一边做着便当，

一边呆呆地思考女儿毕业后的生活。

我从事与饮食有关的工作，女儿从小耳濡目染，
似乎也有志于此。
她的梦想似乎是成为一名调酒师。

其实，我也想有一天能经营一家饮食店。
我随心所欲地解释：
也许她在为我考虑，将来母女俩可以一起做点什么吧。（笑）

顺便说一句，姐妹俩小时候跟我说的梦想，
都是“开蛋糕店”。
让人高兴的是，还加了一句“要和妈妈一起经营”。
我当时很感动，
“这是多么了不起的梦想呀，可爱的女儿们！”

但是……
小女儿在幼儿园毕业前夕，
还一直说“要和妈妈开家蛋糕店”，

可在幼儿园毕业典礼上，当被问到未来的梦想时，

不知为何，她挺起胸膛，竟脱口而出："当医生。"

然后带着一副得意洋洋的表情退场。

现在想来，也许她小时候已经开始叛逆了。

我应该更早一点让她嫌弃才对……

事实上，她那时还不知道要成为什么样的人。

"她一定想开蛋糕店吧。"

我想珍惜这美好的回忆。

总之，女儿高中毕业后，

我只能像现在一样守护着她。

虽然不清楚未来会发生什么，

但是我希望，

她一定要保持自我，成为一个多少对社会有用的人。

2015年1月9日（星期五）

便当名：还要继续下去

博客题目：新年第一份便当

便当文字：
2015年第一份便当

便当人物：Terry 伊藤[1]

- 凉拌菠菜
- 土豆泥
- 金平牛蒡
- 玉子烧
- 日式小红肠
- 炸肉块

妈妈对女儿说：招人嫌的便当并没有终结。（笑）

女儿毕业的日子，

近了……逐渐近了……

原来我还想着剩下最后一年，

这一年却转瞬即逝。

回过神来，余下的时间已所剩无几，

不仅是女儿要从高中毕业，便当毕业的那天也快到来了。

真是时光匆匆呀。

嗨，中午好。

寒假结束了，我要再次开始做便当。

虽然已经开始做了，

但是这种便当还能做几回呢……

我有些寂寞，又有些欢喜……

一直以来，我都很想做做

Terry 伊藤先生的形象。

二〇一五年第一份便当，

为新年起航！

只剩下几份便当要做了。

我要拼尽全力，开开心心地让她嫌弃到最后。

---

①本名伊藤辉夫，节目制片人、主持、评论家、作家，因年轻时的意外造成左眼向外斜视。

2015年1月22日（星期四）

便当名：最后的不满~其一

博客题目：倒计时3

便当文字：不要以为事事都能随心所愿

- 凉拌菠菜胡萝卜
- 土豆泥
- 炸藕片
- 溏心鸡蛋
- 烤牛肉
- 日式小红肠

妈妈对女儿说：父母可不是你的仆人啊！

送我上学，接我放学，做 ××……

任性的女儿想提什么要求就提什么要求。

我虽然很生气，却不知不觉地对她言听计从。

所谓的小孩子，就是巧妙地利用这些摆出一副国王的姿态，对家长呼来唤去。真是恐怖的生物呀。

但是，这种任性已经走到尽头了。

一旦进入社会，可不会那么容易了。

离开父母的身边，自己的事情必须自己完成。

与学生时代不同，任性也该有个限度啦。

严苛的社会在前方等着你。

女儿，你明白吗!!!!

嘿，中午好。

女儿自立的时间已经临近了。

哎，我的女儿并不是要离开家。

但是，向着自己的梦想努力，她终有一天会离开这里吧。

离开……想想我就觉得好寂寞呀。

不用听从女儿那国王般的颐指气使了，一想到这里……

可是，大家都是这样慢慢变成大人的吧。

女儿哟，作为最后的不满，我要把这句话送给你：

“不要以为事事都能随心所愿。”

嗯，在严苛的社会中，经受种种风吹浪打，逐渐成长起来吧!

2015年1月23日（星期五）

便当名：最后的不满～其二

博客题目：倒计时2

便当文字：觉得徒劳无功的事情，也要认真去做

- 小番茄
- 西兰花
- 藕片炒牛蒡
- 日式炖茄子
- 玉子烧
- 奶酪酱拌虾仁
- 日式小红肠
- 迷迭香烩鸡肉

妈妈对女儿说：你觉得徒劳的事情，真的是徒劳的吗？

世界上有很多事情，人们认为是白费功夫。

把时间花费在那些徒劳的事情上，

真的是白费功夫吗……

也有很多人这样想吧。

说了也白说，做了也白做。

这也是我女儿经常说的话。

嘴上这样说，却什么都不做，怎么会知道结果是什么样子？

什么都不做，就不知道是不是真的徒劳无用。

即使是那些看似白费功夫的事情，不尝试一下，也不知道结果。

这么一想，我忽然想尝试各种事情了。

嗨，中午好。

“徒劳～徒劳～”

女儿不会去做自认为白费功夫的事情。

这么一来，人生不会过得轻松吧？

别说这样泄气的话了，尝试一下或许也不错。

“觉得徒劳无功的事情，也要认真去做！”

即使是徒劳无功的事情，

在未来的某一天，

你也一定会觉得它是有意义的。

2015年1月26日（星期一）

便当名：最后的不满～其三

博客题目：倒计时1

便当文字：
实现你的梦想!!

- 金平牛蒡
- 土豆蘸紫苏粉
- 八丈草金枪鱼沙拉
- 溏心鸡蛋
- 炸鲑鱼
- 日式小红肠

妈妈对女儿说：梦想不是用来想的，而是要去实现的！

时光飞逝，

我从女儿高中入学开始做便当，明天终于要迎来尾声了。

女儿不吃早餐，而且晚餐不吃米饭。

为了她，我想做富有营养的便当，

就以自己的方式，考虑着营养的均衡搭配。

为了让女儿嫌弃而开始制作的便当，

不知何时已经变成了一种交流方式，让我每一天都过得很开心。

这样的便当，明天就要结束了……

嗨，中午好。大家都有梦想吗？

有梦想是一件非常了不起的事情。

有梦想的人都闪闪发亮。

我的女儿也从小就有梦想。

直到几年前，她的梦想还是当职业舞者，现在想当调酒师了。

喂喂，调酒师可是接待客人的职业，

不善言辞的你能胜任吗？

我有点担心。

心中有梦想，并为了梦想努力，是了不起的事情。

是的，梦想不是用来想的，而是要去实现的。

这句话是谁说的来着？

“去实现你的梦想吧。”

未来的某一天，也让妈妈品尝一下你调的鸡尾酒哦。♪

2015年1月27日（星期二）

"招人嫌的便当"最后一天

恭喜，便当毕业了。

要感谢的不仅是招人嫌的便当，

还有三年来一直吃着便当，陪伴在我身边的你。

你升入高中后，我开始做便当，

这段时光看似漫长，却是转瞬即逝。

你大概想过：

"我都是高中生了，为什么还要吃卡通便当？"

原本的起因，是你的叛逆呀。

每天做普通的便当，我都觉得很是辛苦，想要逃避，

做卡通便当花费的时间和工艺更是难上加难。

为了报复你的叛逆，我开始做卡通便当。

如果你喜欢这便当，

我就决定不再做了。

可是，我始终没有听到这样的声音，

你一直对此一脸嫌弃。

既然如此，制作便当也是战斗。我和你之间的战斗。

但是，在战斗的过程中，我觉得做便当变得有趣起来……

你打开便当盒盖，“啧啧”地发出咂舌声，

一边忍受着朋友们的嘲笑，一边吃饭，

想想这些情景，我做起便当来就觉得有趣得不行。

不管在忙碌的日子里，还是在醉酒难受的日子里，

我都坚持做便当。

因为，我平日里不能给予你什么，

这是一份来自妈妈的独特的爱。

通过便当，你教会了我很多东西，

我对此表示深深的感谢。

在做便当的三年间，妈妈学会了很多。

你在这三年里，也得到了成长吧。

你平常不怎么爱说话，

也不会主动地表现些什么，

但是，你每天在生活中，在校园里，逐渐成长起来，

这些我都看在眼里。

虽然感觉你还有很多很多不足之处，

但是能看到那些成长，我就放心了。

你在一点一点地长大，

并且会在未来的某一天，从妈妈身边离开……

想到这里，我感到既高兴又寂寞……

虽然我心里五味杂陈，还是为你的成长感到开心。

以后，我们要聊更多更多的事情，

建立比现在还要亲密的母女关系。

最后，

不仅仅是便当，你的高中生活也要结束了。

走出高中校门，就与学生时代不同了，

前方会有很多困难和艰辛在等着你。

但是，那些都是对你很重要的东西。

去多多地经历，多多地学习，

逐渐成长起来吧。

如果你觉得真的很辛苦，快要撑不住的时候，可以说给妈妈听。

感谢那些十八年里一起度过的快乐时光，

感谢你做了妈妈的女儿。

你是我的女儿，我是你的妈妈，

我觉得非常幸福。

妈妈

2015年1月27日（星期二）

“招人嫌的便当”完

奖状

致女儿：

你连续吃了三年的便当，而且每顿都没有剩下饭菜。这种忍耐值得称赞。特此予以表彰。

妈妈

“你一个人肯定吃不完吧。”（笑）——妈妈

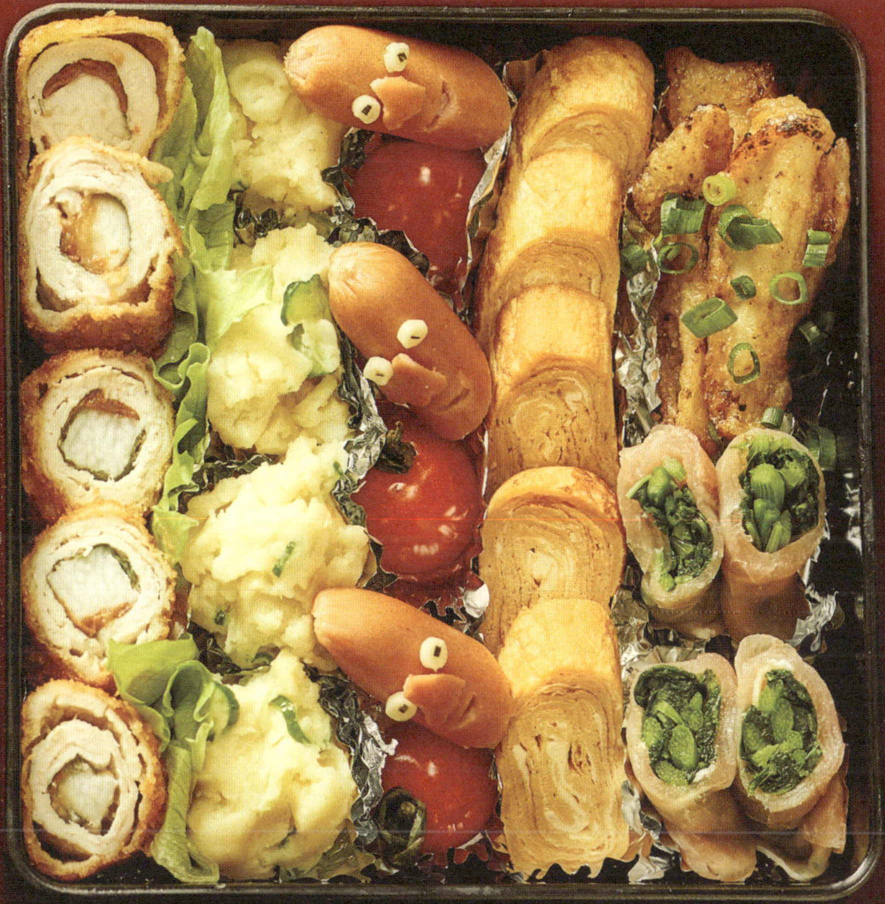

食材

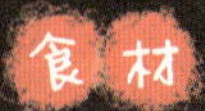

· 小番茄
· 土豆沙拉
· 味噌黄油炒藕片
· 八丈草火腿卷
· 玉子烧
· 日式小红肠
· 炸五花肉山药卷

来自叛逆期的女儿

升入高中后，我开始吃便当。

第一次看到卡通便当的时候，

不免感慨："啊……真的做了呀……"

朋友们都说"好厉害！""好可爱！"

我却不觉得可爱。

虽然说是招人嫌，

可是妈妈在做的时候很开心吧，一定是这样。（笑）

无论何时，妈妈用的食材都不是现成食物，

而是亲自烹饪的，我觉得很厉害。

毕业后再也不用吃卡通便当了，我很开心，

但是，没有便当了，又感到伤心。

我并没有要求妈妈做卡通便当。

她工作到夜里一点多，

却还在早晨五点左右，站在厨房里咔嚓咔嚓地为我做便当，

其实我很感动。

吃饭的时候，妈妈会问："好吃吗？"

虽然我经常不说话，

但是妈妈做的饭很好吃，我最喜欢妈妈做的饭菜。

不仅是饭菜、和果子，还有小时候做的衣服，
妈妈为我做的一切，都是无可替代的。

我将来想成为调酒师，
所以高中毕业后，还会留在八丈岛上，
想找份工作攒一些钱。
之后是在岛上开一家店，还是去东京呢？
我会努力寻找自己的梦想。
姐姐也在附近，
我想暂时还是和家人在一起，继续现在的生活。
所以今后，也要请大家多多照顾啦。
妈妈实在是很可怕，
经常做些奇怪的事情引人发笑，很烦人，
但我从心底尊敬妈妈，
想成为像她那样的人。
妈妈认认真真地给我做卡通便当，
我心里充满了感激。
我要感谢妈妈为我做过的所有事情。

图书在版编目（CIP）数据

今天也是招人嫌的便当 /（日）香织著；贺静译
.—— 海口：南海出版公司，2017.6
ISBN 978-7-5442-8847-7

Ⅰ. ①今… Ⅱ. ①香…②贺… Ⅲ. ①随笔－作品集－日本－现代 Ⅳ. ①I313.65

中国版本图书馆CIP数据核字（2017）第066405号

著作权合同登记号 图字：30-2016-135

今天也是招人嫌的便当
〔日〕香织 著
贺静 译

出　版　南海出版公司　(0898)66568511
　　　　海口市海秀中路51号星华大厦五楼　邮编 570206
发　行　新经典发行有限公司
　　　　电话(010)68423599　邮箱 editor@readinglife.com
经　销　新华书店

责任编辑　翟明明
特邀编辑　陈文娟
装帧设计　韩　笑
内文制作　王春雪

印　刷　北京中科印刷有限公司
开　本　880毫米×1250毫米　1/32
印　张　7
字　数　145千
版　次　2017年6月第1版
印　次　2017年6月第1次印刷
书　号　ISBN 978-7-5442-8847-7
定　价　45.00元